古今無敵 弓皇

古今無敵

ORIENTAL FANTASY STORY

弓皇

1

이수 신무협 장편소설

고금무적(古今無敵) 궁황(弓皇)

그는 궁(弓) 병기로 사용하며 무림 연사상 십대고수 중 한 명으로 꼽힌다. 그는 최초이자 마지막으로 이름이 붙은...

작가서문 • 07

序章 • 09

第一章 뇌격궁(雷擊弓)
- 사냥꾼의 아들 • 19

第二章 남아지도(男兒之道)
- 너무 산속에만 있었어 • 61

第三章 지보탄부송(地保誕孚松)
- 여인을 위해 강호로 나서다 • 87

第四章 화산행(華山行)
- 정체 모를 거지와의 동행 • 117

第五章 만왕약선(萬王藥仙)
- 천상회의 그림자 • 157

第六章 혼약(婚約)
- 낙성문의 이름은 사라질 것이다 • 219

第七章 사괴신위(死魁神位)
- 나이 많은 동생이 생기다 • 247

第八章 사기만편궁(沙器萬翩弓)
- 무림공적이 되다 • 283

작가서문

　스토리버스를 적은 이후, 오랜만에 글을 손에 잡았습니다. 그리고 처음으로 적어 보는 무협이니 만큼, 힘든 것이 한두 가지가 아닙니다.
　비록 짧은 지식이나마 이렇게 고금무적 궁황을 출판하게 되었습니다. 오랜 시간을 허비한 만큼 좋은 글로 독자님들께 다가가고 싶은 것이 저의 바람이나, 얼마만큼 독자님들의 욕구를 충족시킬지 알 수는 없습니다. 그러나 부족한 글이라도 저의 글을 보아 주시고 채찍질을 해 주시면 앞으로 더 나은 작가가 되도록 노력하겠습니다.
　두 번째 소설 고금무적 궁황으로 여러분께 좀 더 다가갈 수 있는 좋은 작가가 되도록 노력하겠습니다.

序章

흔히 병기 중에서 만병지왕(萬兵之王)으로 불리는 것이 바로 검(劍)이다. 이런 검을 비롯해 수많은 병기를 사용하는 것이 무림인이다.

 도(刀)로 천하를 제패(制覇)하는 자들이 있는가 하면 창(槍)으로 대륙을 가르는 자들도 있다.

 이런 것을 본다면 무인의 대부분은 검, 도, 창을 위주로 무림에서 최고의 자리에 오르게 되는 것이다.

 하지만 무림인들이 간과한 것이 하나 있으니 그것은 바로 궁(弓)이다.

 흔히들 궁은 그저 병사들이나 사용하는 무기로 생각한다. 힘없는 자들이 장거리 무기인 궁을 사용해서 다가오는 적들을 제압하는 것!

 궁의 목적은 바로 그것이다. 멀리서 다가오는 자들을

제압하고, 아군의 피해를 최대한 줄이기 위한 최소한의 무기!

그러나 무림인들 중에서도 궁의 무서움을 아는 이들이 많다. 단지 그들은 궁으로 극의(極意)를 본 인물이 나오지 않은 것에 안심을 하고 있는지도 모른다.

한 인물을 예로 들어 보자.

고금제일(古今第一) 독존궁(獨尊弓)!

그는 궁을 병기로 사용했으며 무림 역사상 십대독존(十大獨尊) 중 한 명으로 꼽힌다. 그는 최초이자 마지막으로 궁으로 이름을 날린 인물 중 하나다. 독존궁 이후로는 더 이상 무림 역사에 궁으로 이름을 날린 이들이 없다.

하지만 독존궁은 그 당시 최고의 고수들이 내놓을 수 있는 강기를 발출하지도 못했다. 단지 기(氣)만으로도 그는 궁으로 십대독존에 오를 만큼 큰 명성을 날렸다. 무림인들은 말한다. 그가 만약에 강기를 시전할 만큼만 내공이 있었다면, 고금을 막론하고 천마와 달마대사까지도 뒤엎을 수 있었을지도 모른다고 말이다.

궁은 다른 병기들에 비해 그 변화가 단순한 편이다. 손에서 시위가 떠나게 되면 그것으로 끝이라는 말이다.

궁의 단점이 바로 그것이다. 하지만…… 그런 단점이 보완되면 무림 역사상 가장 강력한 이가 무림에 탄생할지도 모른다.

＊　　　＊　　　＊

"독존궁……."

수염을 곱게 기른 중년인이 거대한 궁을 들고 있는 이를 바라보고 있었다. 왜소한 체격에 비해서 너무나 거대한 궁을 든 그는 검을 든 상대에게 근접해 있었다.

"후훗…… 웃기는군. 아무리 고금 제일의 궁수라고 하지만, 나를 상대로 근접전을 벌일 생각을 하다니 말이야."

독존궁은 자신을 향해 비웃는 표정으로 일관하고 있는 남궁현세를 지그시 바라보았다.

남궁현세.

그는 현재 무림에서 가장 강한 검법을 시전하는 인물로 사대검왕(四大劍王)의 일인자였다. 그런 자를 상대로 궁을 든 독존궁이 근접전을 벌인다는 것은 어불성설(語不成說)이었다.

"궁을 우습게 보지 마시오. 궁은 당신이 생각하는 것보다 강하고, 많은 변화를 담고 있소."

"큭…… 웃기는군. 궁이 변화를 가져 봐야 얼마나 가지겠는가? 더군다나 근접전에서 어디 화살이라도 쏠 수 있을 것 같은가?"

남궁현세는 볼 것도 없다는 듯이 자신의 검을 치켜세웠다.

츠츠츠~!

그의 검에서 검강이 뿜어져 나왔다.

"자네가 내 검을 어떻게 막을지 궁금해지는군. 섬전십삼검뢰(閃電十三劍雷)!!"

남궁세가의 절정무공이라고 할 수 있는 섬전십삼검뢰가 남궁현세의 손에서 펼쳐졌다. 열세 개의 검강이 줄기차게 뿜어져 나와 독존궁을 향해서 뻗어 갔다.

"섬전십삼검뢰······."

독존궁은 남궁세가의 무공을 보며 나직이 중얼거렸다. 그러고는 자신의 화살을 시위에 올려놓았다. 그런데 화살이 하나가 아니었다. 세 개의 화살을 동시에 시위에 올려놓고 그는 자신을 향해서 번개처럼 뻗어 오는 검강 줄기를 바라보았다.

끼긱~!

그러고는 빠르게 시위를 잡아당긴 후, 화살을 쏘았다.

파앙~!

일반적인 화살 쏘는 소리가 아니었다. 그가 쏜 화살은 허공을 가르는 것이 아닌, 터뜨리는 듯한 소리를 내고는 검강 줄기를 향해서 날아갔다.

파사삭~!

세 개의 화살은 세 개의 검강 줄기만을 와해시켰을 뿐, 그 외의 다른 검강은 그를 향해서 계속 뻗어 왔다.

퍼퍼펑~!

하지만 섬전십삼검뢰의 나머지 열 개에 해당하는 검강은 독존궁의 몸에 닿지도 않고, 애꿎은 주변 나무와 땅만을 파괴할 뿐이었다.

"어떻게……?"

남궁현세는 자신의 두 눈으로 보고도 그 사실을 믿을 수가 없었다.

"검강의 위력은 확실히 대단하오. 하지만 맞추지 못한다면 그 흔한 검기보다 못하단 사실을 아셔야 할 것이오."

"이익……."

남궁현세는 그의 충고를 듣고 자존심이 구겨지는 것을 느꼈다.

"그럼 이젠 내 차례요."

"흥! 누가 화살을 쏠 시간이나 줄 것 같은가?"

남궁현세는 궁의 위력만큼은 확실히 알 수 있었다. 일반적인 병사가 쏘는 것과 고수가 쏘는 것은 확연한 차이가 있다.

쏘는 순간 보이지 않는 것이 바로 고수의 화살이기 때문에, 그들에게 시위를 당기게 허락하는 것은 자신을 위기에 몰아넣는 것이나 다름이 없었다.
 "이미 그런 시간을 주지 않을 것이란 건 잘 알고 있소. 더군다나 나 역시도 그런 건 바라지 않고."
 독존궁은 느긋하게 시위에 화살을 올려놓았다.
 그 모습을 보며 남궁현세는 신법을 이용해서 빠르게 그를 향해서 달려왔다.
 번쩍!
 터엉~!
 그가 시위에 화살을 올려놓은 것까지는 볼 수 있었다. 하지만 시위를 당기고 화살이 날아오는 것을 보지도 못한 상태에서, 그의 검이 뭔가에 명중된 듯 크게 뒤로 튕겨져 버렸다.
 가까스로 손에 힘을 주어 검을 놓치지는 않았으나, 그 위력만큼은 팔이 저릴 정도였다.
 "어떻게……? 시위를 당기는 것을 보지도 못했는데?"
 "당연히 못 봤을 것이오. 시위를 당기는 데 시간을 주는 것은 궁수들에게 있어서 치명적인 약점이 되는 것이니까…… 난 그런 약점을 보이긴 싫소."
 이번에는 그의 손에 다섯 개의 화살이 들렸다. 그것을 시위에 올려놓은 순간, 다섯 개의 빛이 번쩍였다.
 콰콰쾅~!
 빛의 속도와 함께 주변이 파괴되었다.

"크크크, 네 녀석도 별수 없군. 다섯 개의 화살이 모두 빗나갔으니 말이다."

남궁현세는 주변이 파괴되는 것을 목격하고는 독존궁을 향해서 비웃음을 날려 주었다.

"뭔가 착각한 것 아니오? 네 개의 화살은 일부러 빗나가게 한 것이오. 단 한 발을 맞추기 위해서 말이오."

"뭐라…… 크윽!"

방금까지만 해도 몸에 이상을 느낄 수 없었다. 하지만 옆구리 부분에서 통증을 느끼며 남궁현세는 고개를 내려 보았다.

피가 흥건히 묻어 나오며 그의 몸이 관통되었다는 것을 말해 주는 듯했다.

"이…… 이건 고의적인 것인가? 아니면 실수인 것인가?"

"고의적이었소. 제대로 보여 줄 것도 많은데, 지금 쓰러지면 안 되지 않소?"

"보, 보여 줄 것?"

남궁현세는 옆구리의 혈도를 찍으며 더 이상 피가 흐르지 않게 막았다. 그러다 문득 독존궁의 화살통을 보게 되었다. 하지만 처음부터 몇 발 있지도 않던 그의 화살통은 이미 바닥이 드러나 있었다.

"크크…… 왜? 이젠 그 궁으로 나를 때리기라도 할 참인가?"
 "그런 바보 같은 생각은 애시당초 하지도 않았소······."
 독존궁은 시위를 서서히 잡아당겼다.
 스스스~!
 그러자 궁기가 발산되기 시작한 그의 궁에서 밝은 빛이 시위에 놓였다.
 "그, 그것은!!"
 "평세파적(坪勢破敵)!"
 쿠앙~!
 그의 손을 떠나간 시위는 밝은 빛의 화살을 쏘아 보냈고, 굉음과 함께 남궁현세는 눈부신 빛을 마주 보아야만 했다.

第一章 뇌격궁(雷擊弓) - 사냥꾼의 아들

핑~! 핑~!
 한 아이가 우거진 숲에서 궁을 쏘고 있었다. 대략 팔구 세 정도의 아이가 궁을 쏘고 있다는 것이 놀라울 따름이었다.
 아이는 자신이 목표한 나무에 정확하게 화살을 꽂아 넣고 있었다. 이 정도의 실력은 보통 아이들의 범주를 뛰어넘었다고 할 수 있다.
 "응? 이 소리는?"
 한 노인이 숲을 거닐다 귀를 자극하는 소리를 들었다. 그 노인 역시도 등에 궁을 메고 있었다.
 노인은 소리가 들리는 방향으로 달렸다. 풀을 밟고 달리는 신법!
 초상비(草上飛)!

바로 그것이었다. 일류고수들이 사용한다는 초상비를 노인은 아무렇지 않게 사용하며 소리가 들리는 방향으로 내달렸다.

"아…… 이 소리가 아닌데……."

아이는 궁을 정확하게 쏘고 있음에도 불구하고 자신의 시위에서 나는 소리가 마음에 들지 않는 듯 인상을 찌푸렸다.

끼기기긱~!

아이는 다시금 시위를 강하게 잡아당겼다.

'오호? 아이치고는 팔 힘이 좋군.'

노인은 어느새 나무 위에 올라서서 아이를 내려다보고 있었다.

'괜찮군. 자세도 그렇고 과녁도 정확해. 누구에게 배웠는지 모르지만 기초는 제대로 배운 것 같군.'

아이의 행동과 과녁에 꽂힌 화살을 번갈아 보며 노인은 감탄하고 있었다. 또한 아이가 누구에게 궁을 배웠는지를 궁금해했다.

'그 녀석의 아이가 컸다면 지금 저 나이쯤 되었을까?'

노인은 잠시 옛 생각에 잠겼다. 자신이 지금 이곳에 온 이유도 그를 만나기 위함이었다. 하지만 그를 어디에서도 찾아볼 수가 없었기에 돌아가려던 찰나, 지금 이곳에서 아이를 지켜보고 있는 것이었다.

'모든 것을 제대로 익혔군. 하지만 단순한 힘만으로는 궁을 제대로 쏠 수 없는 법이지.'

노인은 생각을 마치며 나무에서 떨어져 내렸다.

스르르르~!

마치 낙엽이 떨어지는 것처럼 천천히 떨어져 내리는 모습은 신선이 땅으로 내려서는 듯한 모습이었다.

사락~!

"누구냐!"

아이는 작은 소리 하나에 민감하게 반응하며, 재빨리 소리가 난 방향으로 몸을 돌려 당기고 있던 시위를 겨눴다.

"허허, 녀석…… 매우 민첩하구나."

아이는 자신을 향해 너털웃음을 날리는 노인을 바라보았다. 백발을 곱게 기른 노인은 긴 머리를 질끈 묶고 흰 수염 또한 곱게 길러 내렸다.

아이는 노인의 모습을 이리저리 살폈다. 그리고 그가 자신에게 악의를 드러내 보이고 있지 않다는 것을 알고는 천천히 궁을 내리려 했다.

그러다 문득 머리에 스치는 것이 있어 다시금 궁을 들어 노인을 겨냥했다.

"후후…… 녀석. 경계도 쉽사리 풀지 않는구나. 그렇게 경계할 것은 없다. 널 해치려고 하는 것은 아니니까 말이다."

 아이의 긴장을 풀어 주기 위해서 노인은 그 자리에서 별다른 움직임을 취하지 않았다. 노인이 아무런 행동도 보이지 않고, 어느 정도 시간이 지나서야 아이는 궁을 천천히 내렸다.

 그 이유는 바로 노인이 등에 메고 있는 궁을 보았기 때문이었다. 같은 궁을 소지하고 있다는 것 자체만으로도 아이에게는 공감대가 형성되었던 것이다.

 긴장을 푼 것을 직감한 노인은 아이에게 질문을 했다.
 "그래…… 궁은 누구에게 배웠느냐?"
 "아버님께 배웠습니다."
 "오호라? 그렇구나. 아버지라……. 그래, 네 아버지는 무엇을 하는 사람이더냐?"

 별다른 경계심이 없었기에 아이는 노인의 말에 다시 답변을 했다.
 "사냥꾼이셨습니다."
 "사냥꾼?"
 끄덕.

 아이의 말에서 노인은 뭔가 생각난 듯 눈을 빛냈다. 아이의 말이 과거를 지시하고 있다는 것을 알게 된 것이다.
 "네 아버지는 어디에 계시느냐?"
 "돌아가셨습니다."

"뭐라고?"

생각지도 못한 대답에 노인은 잠시 말문이 막혔다. 이곳에서 사냥꾼으로 활동했다면 그는 필시 자신이 생각하는 인물이 맞을 것이다.

칠 년 전, 노인은 부상을 입고 이곳 숲 속에 들어오게 되었다. 그때 작은 오두막에서 사냥꾼으로부터 치료를 받게 된 것이다. 그 사냥꾼은 노인에게 많은 배려를 해 주었다.

'그때 데리고 있던 아이가 저 아이란 말인가?'

순간 이 아이가 예전 자신이 보았던 그 아이가 아닌가 하는 생각이 들었다.

사냥꾼에게는 갓 태어난 남자아이가 하나 있었다.

"아버지의 존함이 무엇이더냐?"

"사 필 자 환 자 되십니다."

"사필환…… 그렇군."

더 이상 노인은 그에 대해서 묻지 않았다. 괜히 더 물어봐야 좋을 것이 없다는 생각에서였다. 아이가 제대로 성장했다고는 하나, 부모를 여읜 것은 상처로 남아 있을지도 모르기 때문이었다.

"저기…… 그런데 할아버지께서도 궁을 사용하시나요?"

등 뒤에 묵직한 궁을 짊어지고 있는 것을 눈여겨보며

아이가 처음으로 질문을 했다.

"허허…… 그렇단다."

노인은 등 뒤에서 궁을 꺼내 아이에게 보여 주었다.

"우와!! 크다!"

철이 든 아이의 모습에서 순식간에 또래 아이의 모습으로 탈바꿈되었다. 아이는 맑은 눈을 빛내며 노인이 보여 주는 궁을 바라보면서 감탄을 금치 못했다.

노인이 보여 준 궁은 대략 육 척 정도의 엄청난 크기를 자랑하는 궁이었다.

"이런 걸로 화살을 쏠 수 있으세요?"

자신이 가진 궁에 비해서 최소 두 배 이상은 커 보이는 궁을 가지고 있는 노인을 바라보며 눈을 빛내는 아이였다.

"후후, 당연히 쏠 수 있단다. 한번 보여 주랴?"

끄덕끄덕!

아이는 힘차게 고개를 끄덕였다.

노인은 자신이 가진 화살을 들어 시위를 잡아당겼다.

그그그극~!

시위가 당겨지기 시작하자, 그것은 아이가 궁을 쏠 때와는 확연히 차이가 나는 음을 들려주기 시작했다. 아이는 두근거리는 마음으로 노인의 궁을 지켜보았다.

쿠웅~!

퍼퍼펑~!

궁의 시위를 놓자 상상도 못할 일이 일어났다.

시위를 놓은 그 순간 귀를 때리는 굉음은 물론이고, 화살이 날아가는 것조차 보이지 않았다.

그런데 더욱 엄청난 현실은 아이가 과녁으로 쏘고 있던 나무가 순식간에 파괴되어 버린 것이다. 그 뒤에 있는 나무들도 모두 터져 나가며 과녁의 삼십 장 밖에 있는 바위에 박혔다.

엄청난 현실 앞에 아이는 입을 쩍 벌린 채로 엉망이 되어 있는 나무들을 바라보았다.

멍하니 서 있는 아이를 바라보며 노인 역시도 한동안 말을 하지 않았다. 그리고 두 사람의 눈이 마주쳤을 때, 노인이 먼저 입을 열었다.

"어떠냐? 배우고 싶으냐?"

끄덕.

아이는 조심스럽게 고개를 끄덕였다. 너무나 엄청난 현실 앞에 자신감마저 사라져 있었던 것이다. 하지만 이런 엄청난 위력을 발휘하는 노인에게 궁을 배우고 싶다는 욕망은 어쩔 수가 없었다.

"네 아비와 나는 오랜 친우 사이다."

"예? 그게 무슨 말씀이신지…… 저희 아버님은 젊으신데……."

"후후, 친구 사이에는 나이를 따지지 않는단다."

그와의 만남은 단 두 번이었다. 한 번은 상처를 입었을 때였고, 또 한 번은 육 년 전 그를 만나러 왔을 때였다.

단 두 번의 만남이라 할지라도 노인은 그의 배려에 많은 감동을 받게 되었고, 그를 둘도 없는 친구로 여기게 되었던 것이다.

"혹시 오두막에서 혼자 사는 것이냐?"

"네……."

아버지가 죽은 후, 아이는 일 년을 오두막에서 혼자 생활해 왔다. 어릴 때부터 사냥을 배웠었기에 짐승을 사냥하며 지금까지 연명해 온 것이다.

"그래…… 잘 성장했구나. 이제 이 노부를 따라가지 않으련?"

끄덕.

아이는 조심스럽게 고개를 끄덕였다. 홀로 지낸 시간 동안 어린 그에게 있어 외로움은 늘 존재했다. 하지만 오늘 그 외로움을 떨칠 수가 있게 된 것이다.

고작 여덟 살 난 아이가 세상을 알기는 힘들다. 노인의 말이 사실인지 거짓인지 알 수도 없다. 하지만 확실히 알 수 있는 것은 노인이 궁을 사용한다는 것이고, 상상도 못할 엄청난 무위를 지녔다는 것이다.

"노부는 무림에서 뇌격궁(雷擊弓)이라고 불린단다."

뇌격궁 백연(百緣).

그는 현재 강호에서 궁의 일인자라고 칭송받는 인물이었다.

"너의 이름은 무엇이냐?"

"사고진이라고 합니다."

"그래, 알았다. 이제부터는 나를 사부로 모시되 할아버지처럼 대하거라."

"예, 알겠습니다."

아이는 사필환의 손에서 매우 예의 바르게 큰 듯 보였다.

'허허…… 그 친구. 이런 아이를 혼자 놔두고 가다니…… 저승이 그렇게도 가고 싶었나?'

아이의 모습을 보니, 사필환이 저승에서 눈물 흘릴 것이 눈에 빤히 보이는 듯했다.

'이제부터가 시작이구나. 저 아이를 무림 최고의 궁으로 만들겠다!'

그런 그와의 만남이 아이에게 상상조차 하지 못할 미래를 안겨다 주게 되었다.

* * *

푸학~!

시위를 당길 때마다 화살이 매서운 속도로 바위를 꿰뚫었다. 이 모습을 백 장 정도 되는 먼 거리에서 지켜보는 한 노인이 있었다.

뇌격궁 백연!

강호에서 궁의 제일인으로 인정받고 있는 노인이었다.

그런 그가 바라보고 있는 이는 십육 세의 소년으로, 사필환이라는 친구의 아들이자 자신의 제자였다.

'녀석을 데려온 지도 벌써 팔 년이 흘렀군. 장차 무림의 기둥이 될지도 모르는 녀석이지.'

백연이 팔 년을 지켜본 소년.

사고진이라는 이름을 가진 소년은 궁에 있어서는 타의 추종을 불허할 만큼 뛰어난 재능을 보이고 있었다.

현 무림에서 궁에 있어서는 최고라고 자부할 수 있는 백연조차도 사고진의 뛰어난 감각과 재능에 혀를 내두를 정도였다.

'녀석은 궁에 있어서만큼은 하늘이 내려 준 인재라고 할 수 있다. 이젠 네가 궁의 위대함을 전 무림에 떨치게 될 것이다.'

그런 생각을 하면서 백연은 자신의 궁을 들었다.

무척이나 큰 궁의 이름은 자현궁(赭弦弓)!

보통의 시위와는 다른 적색의 시위를 가진 자현궁은 그 크기만 해도 무척이나 크다. 하지만 중요한 것은 자현궁의 시위다. 이 자현궁은 일반 궁과는 다르게 강력한 힘을 소유하여야만 시위를 당길 수 있다.

시위를 지탱하고 있는 실은 천잠(天蠶)으로 황록색 타원형의 고치를 말한다. 하지만 천잠이 오백 년의 세월이 흐르면 그 색이 붉게 변하는데, 이때 천잠의 강도는 매우 뛰어나다.

이런 천잠사는 검으로도 쉽게 끊어지지 않기 때문에, 궁에 있어서는 최고의 현을 자랑할 수 있지만, 보통 사람의 경우 자칫 잘못하다간 시위를 당길 때 손가락이 나가 떨어지는 경우가 발생할 수도 있을 정도로 매우 강력한 힘과 날카로움을 지니고 있었다.

그그극~!

그런데 대뜸 백연은 사고진을 향해서 시위를 겨누기 시작했다.

푸확~!

주변의 공기를 가르며 화살이 시위를 떠나갔다. 그런데 그가 시위를 당겼을 때, 이미 사고진은 자신의 시위를 당기며 즉시 뒤를 돌았다.

그러고는 번쩍이는 물체를 향해서 자신의 화살을 거침없이 쏘았다.

퍼펑~!

고작 두 개의 화살이 허공에서 충돌했을 뿐이었다. 하

지만 충돌음은 화살이 충돌했다고는 볼 수 없는, 둔탁한 둔기가 서로 부딪치는 효과음을 냈다.

두 개의 화살은 그대로 허공에서 산산조각 나듯 부셔져 버렸다.

그 장면을 바라보며 흐뭇한 미소를 짓고 있던 백연이 천천히 사고진이 있는 곳을 향해서 걸음을 옮기기 시작했다.

하지만 그 누가 이러한 사실을 인정할 수 있단 말인가?

서로의 간격이 무려 백여 장이나 떨어진 거리였다. 그런 거리에서 두 사람의 화살이 허공에서 서로 충돌을 일으킨다는 것이 과연 가능하기나 하단 말인가?

그 얇은 화살로 이러한 일이 일어났다는 것에 대해서 두 사람은 별일 아닌 듯 서로를 마주 보고 있었다.

"오셨습니까, 사부님."

"그래. 실력이 날로 일취월장(日就月將)하는구나."

"이게 다 사부님의 가르침 덕분입니다."

오래전부터 사고진과 함께한 백연은 그의 심성이 올바르다는 것을 알 수 있었다.

'사필환 그 사람…… 아들 교육 하나는 제대로 시켜 놓았군.'

대부분의 아이들이라면 어른에게 어리광을 피우기 마련이지만, 처음 보았을 때부터 사고진에게는 어리광이라는 것이 없었다.

여덟 살 난 아이가 너무 일찍 철이 든 모습에 오히려 백연이 당황할 정도였으니 말이다. 어른 같은 사고진에게 어리광을 바란다는 것은 절대로 있을 수 없는 일이었다.

사필환이 죽고 난 후, 일 년을 혼자 생활하면서 사고진은 가사일까지 혼자서 도맡아 해야만 했다. 그러다 보니 이 두 사람도 함께 살 때부터 사고진이 대부분을 도맡아 했던 것이다. 이를 말린 백연이었으나, 너무나 능수능란한 사고진의 모습에 더 이상 아무런 말도 할 수 없었다.

사고진을 데리고 온 이후, 두 사람은 사제의 연을 맺게 되었다. 비록 사필환이 백연에게는 친구라고 불리는 사람이었으나, 사고진의 모습을 보면서 백연의 마음이 바뀌었던 것이다.

'현재는 제 몸 하나는 간수할 수 있다곤 하나…… 일류 고수들과 맞붙게 된다면 위험할지 모른다. 그렇다면 이 년쯤 더 수련하는 것도 좋겠군.'

현재 사고진의 나이가 십육 세이다. 그리고 지금 백연은 사고진의 실력을 간파하고 있었다. 자신에게도 못 미친 실력으로 강호에 발을 딛게 된다면, 언제 큰일을 당할지 모르는 일이었다.

"오늘부터는 내 너에게 몇 가지를 전수해 주도록 하겠다. 내공이 바탕이 되어야 하는 무공들이니 내공 수련을 소홀히 해서는 안 될 것이다."

"예, 알겠습니다."

"산삼은 제대로 먹고 있느냐?"

무인에게 있어서 내공은 빼놓을 수 없는 것이다. 수십 년 수련을 해도 일 갑자의 내공을 얻을까 말까 하는 것이 바로 무인들의 현실이었다. 그런 이들 중에는 영약을 통해서 내공을 증강시키는 이들이 많았다. 하지만 이런 영약들이 길거리에 채일 만큼 많은 것도 아닐뿐더러, 그런 영약을 구하기 위해서는 수만금의 황금이 필요한 것 또한 사실이었다.

때문에 무림에서 이런 영약을 구하는 이들은 무림을 오시하는 문파의 장문인이나 문주들이 대부분이다.

이렇다 보니 현실은 언제나 강한 자만이 강해질 수밖에 없는 세상이 오고 만 것이다.

백연이 이런 것을 모르는 것은 아니었다. 자신의 제자에게 영약을 섭취시킴으로 해서 내공을 증강시키고, 그것을 토대로 무림에서 이름을 날리게 하고 싶지 않겠는가? 하지만 그에겐 돈이 없었다.

그렇다고 꿈에서도 보기 힘든 기연(奇緣)을 만날 수도 없지 않겠는가? 개나 소나 기연을 만난다면 이미 무림에는 십 갑자가 넘는 인물들로 들끓을 것은 자명했다.

그런 영약도 구해 주지 못하고 기연은 꿈도 못 꿀 정도였기에, 백연은 산삼을 사고진에게 섭취시키고 있었던 것이다.

산삼은 그래도 영약처럼 여생에 한 번 볼까 말까 한 것은 아니었다. 몇 백 년이나 몇 천 년 먹은 산삼은 영약과 같은 효과를 낼 수는 있다. 하지만 백연이 사고진에게 주는 것은 장뇌삼이었다. 자신이 직접 키운 산삼이었던 것이다.

오랜 세월 장뇌삼을 키워 왔기에 그 수는 매우 많았다.
"예, 하루도 거르지 않고 먹고 있습니다."

사고진 역시 백연이 자신에게 많은 것을 해 준다는 것을 잘 알고 있었기에, 그의 배려에 언제나 감사하는 마음을 품고 있었다.

"그래, 무공을 배우기 위해서는 내공이 절대적으로 필요하다. 그럼 조금만 더 수련한 후 돌아오거라."
"알겠습니다."

백연은 사고진의 얼굴을 바라보며 흐뭇한 미소를 짓고는 거처로 돌아갔다.

거처에서 백연은 한 권의 책을 꺼내 들었다.
"내 비록 이것밖에 너에게 줄 것이 없다만…… 너는 더 훌륭한 궁사가 될 수 있을 것이다."

일시패도(一矢覇道).

그것은 백연이 만든 무공서책이었다. 무림에는 궁에 관

한 무공서적이 얼마 없었다. 있다고 하더라도 어디까지나 궁을 쏘는 법 등을 가르쳐 주는 기초적인 서책이 전부일 뿐, 내공을 이용해서 다른 병기들처럼 패도적인 위력을 발휘할 수 있는 무공서적은 없었던 것이다.

그래서 백연은 직접 무공서적을 만들었다. 그리고 앞으로 사고진이 이것을 배울 것을 생각하며 뿌듯해했다.

백연이 떠난 후, 사고진은 품속에 손을 집어넣었다. 작은 풀뿌리 하나가 그의 손에 들려 있었다.

바로 장뇌삼이었다.

덥석.

그것을 입에 문 사고진은 질겅질겅 씹기 시작했다.

"제기랄…… 더럽게 맛없네. 또 뭘 가르쳐 주시려고 저러시나? 그냥 대충대충 살면 될 것을 가지고?"

지금 이 말을 백연이 들었다면 후두부를 잡고 뒤로 쓰러졌을지도 모르는 일이었다.

팔 년 동안 수련한 사고진의 내공은 아직 반 갑자에도 미치지 못하고 있었다. 물론 그의 나이 십육 세에 반 갑자의 내공은 상당히 크다고 할 수 있었다. 육십 년을 수련하여 일 갑자의 내공을 만들 수 있다는 것을 감안해 본다면 말이다.

하지만 지금 그와 비슷한 나이의 무림의 후기지수들과

견주어 보면 이름도 못 내밀 정도였다.

무림의 후기지수들은 유명 문파나 세가의 인물들이 상당수다. 그런 문파나 세가에서는 무림의 기둥을 키워 내기 위해서 노력을 아끼지 않는 것이 특징이었고, 내공을 기초로 장차 무림의 일인자로 칭송받는 이들도 있었다.

그런 후기지수들은 대부분이 일 갑자에 가까운 내공을 가지고 있었다.

"그래…… 아버님의 말씀을 명심하자. 어디 가더라도 예의 바르게 컸단 소리는 들어야지?"

그의 아버지 사필환.

그가 죽기 전에 남긴 유언이 있었다. 그것은 어디 가서든 부모 없이 큰 후레자식이란 소리를 듣지 않길 바랐다.

그래서 죽으면서까지도 예절에 대해 언급하며 숨을 거뒀다. 아버지의 소중함을 알기에 사고진은 그의 말을 명심했다.

사실 백연의 앞에서는 예의 바른 모습을 하고 있다고는 하나, 아무도 없는 곳에서는 곧장 상스러운 말들이 나오곤 했다. 누군가가 있는 자리와 없는 자리의 사고진은 확연히 차이 나는 면모를 보이고 있었던 것이다.

쭈욱~!

사고진은 백여 장 밖에 있는 절벽을 향해서 시위를 강하게 잡아당겼다.

뇌격궁(雷擊弓) 37

푸확~!

바람을 가르는 풍압 소리와 함께 시위를 떠난 화살이 일직선으로 곧게 뻗어 갔다. 화살은 시위에서 받은 힘이 전혀 떨어지지 않은 채, 곧게 뻗어 절벽에 부딪쳤다.

푸카~!

단 한 발의 화살로 인해서 절벽의 바위가 파괴되었다.

그런 모습을 지켜보며 사고진은 떨떠름한 표정을 지었다.

"뭐가 곡선을 그리는 게 멀리 날아간다는 거야? 아버지도 참……."

사필환…… 그는 일개 사냥꾼이었다. 그렇다 보니 내공이라는 것을 사용할 수도 없었다. 일반적으로 화살을 멀리 날아가게 하고, 정확하게 과녁을 맞추는 자들이 매우 뛰어난 궁사들이라고 알려져 있었다. 그런 점에서 사필환은 아들인 사고진에게 화살을 멀리 날려 보내기 위해서는 각을 주어 쏘는 게 좋다고 말한 적이 있었다.

하지만 각을 주어서 쏘게 되면, 과녁에 제대로 명중되지도 않을뿐더러 날아가다 그 힘이 떨어진다는 것을 사고진은 알게 되었다.

물론 그는 지금 내공이라는 것을 사용해서 화살을 쏘기 때문에 일반적인 궁사들에 비해서는 그 비거리뿐만 아니라 파괴력 또한 비교를 못할 정도였다.

직선으로 뻗어 나간 화살이 박힌 자리는 이미 소실되어서 더 이상 원래 모습을 분간하기가 힘들었다.

"휴…… 이제 사부님께 가 볼까? 뭘 가르쳐 주시려나?"

사고진은 백연에게 궁을 배움으로써 자신의 실력이 많이 늘었다는 것은 잘 알고 있었다. 하지만 그와 견줄 수 있을 만큼 자신의 실력이 뛰어나지 못하다는 것 역시도 너무나 잘 알았다.

그런 그에게 가장 큰 문제는 바로 미래가 없다는 것이었다. 아무런 목표도 없고, 강해지고 싶은 욕망도 없었다.

그저 아버지가 사냥꾼이었고 궁을 사용했다. 그렇기 때문에 자신 역시도 생활을 위해서 궁을 들었을 뿐, 어떠한 욕심도 없는 것이다.

가르쳐 주면 가르쳐 주는 대로…… 익히면 익히는 대로…… 그렇게 사고진은 하루하루를 지내고 있었다.

숲 속에 있는 집치고는 넓은 장원이었다. 기와로 지은 족히 이십여 장은 되는 널찍한 집이었다. 두 사람이 살기에는 너무 큰 집이 아닐 수 없었다.

하지만 숲 속 가운데 자리한 기와집은 그것만으로도 운치가 있어 보였다.

"사부님, 저 왔습니다."

"그래, 이쪽으로 앉거라."

사고진이 들어와 백연의 앞에 무릎을 꿇고 앉았다. 그러자 백연이 한 권의 책자를 그에게 내밀었다.

"이것이 무엇입니까?"

"일시패도라는 무공서다. 미흡하나마 내가 만들어 보았다."

"무공이요?"

지금까지 내공과 궁에 대해 기초적인 것만 배운 사고진으로서는 무공이라는 생소한 소리에 조금 놀라는 표정을 지었다. 그는 무공이 얼마나 대단한 것인지 잘 알고 있었다. 자신의 사부인 백연이 한 번씩 무공을 사용했고, 그의 경지에 대해서 놀라움과 감탄을 금치 못했던 것이다.

하지만 그러한 무공을 자신이 배우겠다고 마음먹은 적은 없었다. 그저 감탄만 했을 뿐.

"그렇다. 이제 너는 무공과 더불어 무림에 관한 상세한 공부를 해야만 할 것이다. 무림의 문파들과 세가들, 그리고 주요 인물들. 또한 무림에서 절대 금기시해야 되는 일들과 반드시 피해야 되는 인물들에 대한 공부를 하게 될 것이다."

"무림이요? 갑자기 무림이라니……."

사고진은 다소 당황스럽기만 했다. 생각지도 않은 무림

에 더불어 무공, 이제는 무림 정세에 관한 공부까지 해야만 했던 것이다.

"무공을 배워야 한다는 것은 알겠지만…… 왜 인물들과 문파에 대한 지식까지 습득해야 하는지 저는 잘 모르겠습니다."

"그거야 네가 몰라서 하는 소리다. 무림은 약육강식(弱肉强食)의 세계다. 강한 자는 어딜 가더라도 대우를 받지만, 약한 자는 반드시 죽음을 면치 못한다. 지금 너의 경우는 약자에 속한다. 그런 약자들은 많은 것을 알아야만 하지. 그렇기 때문에 너에게는 무림의 지식들이 필요한 것이다."

"그러면 강한 자들은 이런 지식이 필요 없는 것입니까?"

"꼭 그렇지만은 않다. 강자들 역시도 많은 지식을 익히고 있어야만 한다. 무림에서 절대지존(絶對至尊)이란 것은 존재하지 않으니까 말이다."

무림의 판도는 항상 바뀌게 되어 있다. 그것이 세월의 흐름과도 같은 것이어서, 인간이란 짧은 인생이 오랜 역사를 평정할 수는 없기 때문이다.

"그러면 지금까지 절대지존으로 군림한 인물은 없었나요?"

"그렇진 않다. 지금까지 절대자라고 불릴 수 있었던 사람은 단 두 사람이 있다. 바로 달마대사와 천마라는 인물이다. 이 두 사람은 무림 역사상 가장 위대한 사람으로 알려져 있고, 가장 강력했다고 알려져 있단다."

"그럼 그 이후로는 그런 절대자가 나오지 않았습니까?"

끄덕.

백연이 고개를 끄덕이자 사고진은 아무런 말이 없었다. 지금 앞에 있는 백연만 하더라도 자신이 감히 상상조차 할 수 없는 수위에 달해 있다. 그런데 그런 그가 고개를 끄덕일 정도라면 과연 전설의 두 사람은 어떠한 실력을 가졌단 말인가?

그런 생각을 하던 찰나, 문득 백연의 무림 입지가 궁금해졌다.

"저기…… 그럼 사부님께서는 현재 무림에서 어떠한 위치에 계십니까?"

그 물음에 백연은 잠시 얼떨떨한 표정을 지었다.

"흠……. 내 입으로 이런 말을 하긴 그렇다만, 현 무림에서 내 위치는 고작 일류무인에 지나지 않는다. 게다가 다른 일류무인과 비교를 해 본다면, 내 입지는 크게 볼 것이 없다. 하지만 이것 하나만큼은 단언할 수 있다. 현 무림에서 궁을 사용하는 자로는 내가 최고다!"

백연은 자신 있게 말했다. 자신이 궁사라는 것을 떳떳

하게 내세우고 있는 것이다.

"나는 이 궁을 가지고 무림인들에게 알리고 싶다. 궁이야말로 최고의 병기라고 말이다. 하지만 이제 나로서는 힘든 것 같구나. 내 의지를 네가 대신 이어받았으면 하는구나."

"네? 그게 무슨 말씀이신지? 궁이야 당연히 최고가 아닌지요?"

사고진은 의아한 어투로 물었다. 지금까지 그가 본 것들은 작은 사냥용 칼이나 부엌칼이 다였다.

그렇다 보니 궁이 최고의 병기가 될 수밖에 없는 것이다. 물론 다른 병기가 있다는 소리는 들어 보았지만, 다른 병기가 어떠한 위력을 내는지에 대해서는 들어 본 적도 없었다.

"그렇지 않다. 무림에서는 궁이라는 병기는 보잘것없는 것으로 치부되고 있지. 대부분은 검과 도에 치중해 있다. 궁이라는 이 엄청난 병기를 제대로 사용하는 자도 없고, 그 위력 또한 아는 자도 없다."

"그렇군요……."

자신이 사용하는 궁이 보잘것없는 것으로 치부된다는 소리에 사고진은 자신도 모르게 내부에서 뭔가 꿈틀거리는 욕망을 느꼈다.

"이 무공은 앞으로 네가 이 년에 걸쳐서 터득해야 할

것들이다. 오늘부터 보고 암기하도록 하거라."
 사고진은 일시패도라는 책을 펴 보았다.
 책에는 총 다섯 가지의 무공이 실려 있었다.

비연시(比然矢)
화룡관영(火龍盥影)
야명쌍전(夜冥雙電)
광시(狂矢)
도해여시(渡海勵矢)

 무공서를 보고 있는 사고진의 손이 조금씩 떨렸다. 기대감 때문이었다. 자신의 사부인 백연과 같은 위력을 지닌 궁을 쏜다는 것. 그것은 기대감과 흥분으로 도취되게 만들었다.
 그런 사고진을 바라보던 백연이 한마디 했다.
 "무공이 최고는 아니다. 너는 무공 이외에도 궁술(弓術)을 익혀야 할 것이다."
 "궁술이요?"
 모든 무인에게 있어서 절대적이라고 할 수 있는 무공! 하지만 그런 것의 밑바탕이 되는 것이 바로 초식, 즉 앞으로 사고진이 배울 궁술이다.
 주로 검술, 도술, 창술, 봉술과 권법 등이 주를 이루게 되는데, 지금 백연이 말하는 궁술은 사실 궁사에게 있어서 별 필요가 없는 것이라고 봐도 무방했다.
"궁사는 그냥 궁만 잘 쏘면 되는 게 아닌가요?"
도리도리.
그의 말에 백연이 고개를 가로저었다.
"그것은 아니란다. 모든 병기에게는 저마다 장단점이 있지. 궁은 멀리 쏠 수 있다는 것이 큰 장점이다. 하지만 가까이에 있는 적을 상대하면 오히려 화살을 쏘기 전에 공격을 당하는 경우가 많다. 그때는 궁술로 대체해야 하는 것이다."
"예? 궁을 들고 무사들과 대적하는 것이 가능하단 말씀이십니까?"
"네가 생각하기엔 아마 힘들 것이다. 본디 궁이란 화살이 무기가 되는 것이니까 말이다. 하지만 이 궁 하나만으로도 매우 큰 위력을 발산하는 병기가 될 수 있다는 것을 명심하거라. 무공과 더불어 궁술을 너에게 가르칠 것이니 그렇게 알거라."
"알겠습니다."
백연! 그는 무림 역사상 지금까지 한 번도 시도된 적이 없는 것을 시도하려 하고 있었다.
화살을 쏘는 것은 물론, 궁 하나만으로도 적을 상대할 수 있다면? 가히 기적과도 같은 일이 일어날지도 모른다.

"오늘은 날이 어두워졌으니 이만 돌아가서 쉬도록 하거라. 내일부터 무공과 궁술을 가르쳐 주도록 하마."

"알겠습니다."

사고진은 절을 하고 일시패도의 무공서를 들고 방을 빠져나갔다. 이내 자신의 방에 들어가 자리에 드러누웠다. 그리고 자신의 강궁(强弓)을 보았다.

처음 이곳으로 백연을 따라 왔을 때, 백연이 새롭게 만들어 준 강궁이었다.

그 강도는 오래전 자신이 사용하던 궁과는 비교도 할 수 없을 정도로 강했다. 시위를 당기는 데만도 며칠을 허비할 정도였으니, 강궁의 힘이 얼마나 대단할지는 불 보듯 뻔했다.

"이젠…… 네 녀석으로 무공을 시전한다? 훗…… 웃기는군. 설마 내가 무공을 배우는 날이 오게 될 줄이야. 그나저나 사부님은 왜 나로 하여금 궁의 위력을 무림에 알리려는 것일까? 그냥 자기가 직접 하지 귀찮게시리……."

말은 그렇게 하고 있지만, 속으로는 내일 배우게 될 무공 생각에 가슴 한편이 떨려 왔다.

날이 밝자 두 사람은 식사를 마쳤다. 그리고 한적한 평지로 이동한 후 백연이 일시패도에 적힌 무공들을 하나둘 보여 주었고, 그것을 토대로 사고진 역시도 무공을 익혀

나갔다.

 무공이란 자고로 내공심법(內功心法)이 바탕이 되어 있어야 한다. 내공심법들은 내공을 키워 주는 가장 큰 역할을 하게 되는데, 사고진 역시도 이러한 내공심법을 익히고 있었다. 그것은 바로 백연이 가르쳐 준 태을심법(太乙心法)이었다.

 태을심법은 그리 뛰어난 심법이 아니었다. 무림에서 가장 널리 이용되는 심법으로, 뛰어난 문파나 세가에서는 아예 경외시 하는 내공심법 중 하나였다.

 백연이 이러한 태을심법을 선택한 이유는 다름 아니라, 아는 내공심법이 없기 때문이었다.

 내공심법이란 아주 비밀리에 전수된다. 문파나 세가에서도 다른 곳에 유출시키지 않는 것이 특징이다.

 그렇다 보니 백연이 알 수 있는 심법은 무림에 널리 이용되는 태을심법이었다.

 "태을심법은 결코 좋은 내공심법이 아니다. 너에게 기회가 온다면, 태을심법을 버리고 다른 내공심법을 취하거라."

 "예? 그게 무슨 말씀이신지? 그럼 사부님은 왜 이런 태을심법을 계속 익히신 것입니까?"

 "나야 인맥이 없지 않느냐?"

 무림인이란 고수를 많이 알수록 높은 무공과 좋은 내공

심법을 얻게 될 확률이 높다. 하지만 인맥이 너무나 적은 백연으로서는 누군가에게서 내공심법을 취할 수가 없었다.

널리 이용되는 내공심법 중에 그래도 가장 나은 것이 태을심법이었기에, 할 수 없이 이것을 선택하게 된 것이었다.

"이제는 궁술을 배우게 될 것이니, 궁을 들어 보아라."

바닥에 앉아 있던 사고진은 일어나서 궁을 들었다.

"궁이란 화살을 쏘는 것만이 다가 아닌가요?"

"모두가 그렇게 알고 있지만, 사실은 아니다. 궁술은 화살이 없어도 위력을 만들어 낼 수 있다. 또한 화살이 없더라도 기를 이용해서 화살을 날려 보낼 수 있다. 물론 그 경지는 아직 너는 무리일 수밖에 없겠지만……."

화살 없이도 궁을 쏠 수 있다는 말에 사고진은 당황스러웠지만, 그에 대한 질문은 하지 않았다.

사고진이 궁을 들자, 백연은 궁이 아닌 가지고 온 검을 빼 들었다.

"아니? 지금 저보고 검을 상대하란 말씀이세요?"

"그게 아니다. 네가 무림에 나가서 가장 많이 보게 될 것이 바로 이 검이다. 나 역시도 검은 사용할 수 없다. 그저 휘두르는 것밖에. 하지만 내가 검을 휘두름으로 해서 네가 취하는 행동을 바로잡아 줄 수 있을 것이다."

흔히 이러한 것을 초식이라고 일컫는다. 하지만 백연은 자신이 만든 궁술에 초식이라는 명칭을 사용하지 않았다. 이유는 매우 단조롭기 때문에 초식이라고 부르기도 힘들었고, 단지 접근한 적을 상대로 궁을 이용하여 간단하게 제압할 수 있는 방법만 알려 주기 위함이었다.

검집에서 검을 빼 든 백연이 사고진을 향해서 팔을 뻗었다.

"헉!"

멍하니 있던 사고진은 검 끝이 자신의 눈앞에 와서 멈추는 것을 보고는 놀란 눈을 크게 떴다.

"뭣 하고 있느냐? 지금 이게 적의 검이었다면 넌 이미 죽은 목숨이다."

백연이 검을 거둬들였고, 사고진이 자세를 잡자 또다시 검을 찔러 넣었다.

백연의 검술 실력은 형편없었지만, 누군가를 상대로 처음 대련을 펼치는 사고진에게는 상대하기 매우 까다로울 수밖에 없었다.

사고진은 궁을 들어 백연의 검을 쳐 내려고 했다. 그런데 그때 오히려 백연이 검을 한쪽으로 빗겨 내면서 큰 소리로 사고진을 꾸짖기 시작했다.

"네 이놈! 지금 뭐하는 짓이냐! 시위를 가지고 검을 막으려 하다니? 지금 제정신인 것이냐! 비록 손으로 잡아당기기 힘든 강궁의 시위지만, 검에 닿으면 그 상태로 잘려져 나간다는 것을 왜 모르느냐!"

그제야 사고진은 자신이 무엇을 잘못했는지 깨달았고, 궁의 가장 강한 부분인 곁피를 보았다. 곁피는 궁대를 싼 벚나무 껍질이었다. 이 부분은 궁에 있어서 가장 강한 부분이라고 할 수 있었다.

또다시 백연이 검을 뻗어 왔고, 사고진은 궁으로 쳐 냈다.

카앙~!

경쾌한 소리가 나며 백연의 검이 한쪽으로 튕겼다.

그것을 시작으로 백연은 자신이 알고 있는 궁술에 대한 모든 것을 조목조목 사고진에게 알려 주기 시작했다.

단순하게 궁으로 막는 것이 아닌 화살이 없는 상태에서 시위만으로도 큰 무기가 될 수 있다는 것을 말이다.

촤악!

강궁의 시위가 사고진의 목에 걸렸다.

"으으……."

시위가 걸린 상태에서 강궁을 강하게 끌어당기는 백연 때문에 금방이라도 사고진의 목은 떨어져 나갈 듯 보였다.

"어떻느냐?"

"이, 이런 방법이 있을 줄은……."

떨리는 목소리로 말하는 사고진에게 가까이 다가간 백연은 그제야 제자의 목에서 시위를 풀어 주었다.

"궁은 네가 생각하는 이상으로 그 위력을 증가시킬 수 있다. 화살을 쏘는 것만이 다가 아닌, 이렇게 궁 자체가 무기가 될 수도 있는 것이다. 이 사실을 명심해야 한다."

"예, 알겠습니다."

고개를 숙이며 백연에게 인사를 한 사고진의 하루가 그렇게 끝이 났다.

무공을 익힌 지도 어느덧 일 년이 넘었다. 그러는 동안에 무공 공부와 더불어 궁술을 익히며, 또한 무림에 관한 지식을 많이 익혀 나갔다.

그러면서 알게 된 것이 바로 무림에는 정파와 사파라는 거대한 두 기둥이 있다는 것이었다. 하지만 백연은 그 어느 곳에도 속해 있지 않은 것이 문제였다.

대부분 중립을 지키는 자들은 어디를 가든 인정을 받지 못한다. 하지만 백연의 경우는 달랐다. 백연은 그래도 궁 하나만으로도 일류무사의 실력을 가지고 있기 때문에, 그를 인정해 주는 이들이 많았다.

하지만 그런 인정을 받는 것과 어느 쪽에 속해서 대우를 받는 것은 큰 차이가 있었다. 그의 실력은 인정해 주지만, 어느 곳에도 속하지 않은 그는 정파와 사파 사이에서 멸시를 받는 문인 중 하나였다.

그렇다 보니 사고진은 백연에게서 무림에 가게 되면 한 곳을 선택해야만 하는 사정을 듣게 된 것이다.

아직까지 그는 선택을 하지 못했다. 두 곳이 어떠한 곳인지를 자신이 스스로 느끼고 싶었고, 늦더라도 그 후에 선택을 하고 싶었던 것이다.

"아주머니, 안녕하세요."

웃으면서 인사하는 사고진을 반가운 얼굴로 맞이하는 여인이 있었다.

"아이고, 이게 얼마 만이야? 그래, 또 소금이라도 떨어진 거야?"

"헤헤, 네."

사고진은 현재 산을 내려와 한 마을에 와 있었다. 아무리 산중에서 나물과 산짐승 등으로 요기를 한다고는 하지만, 소금은 요리에 있어서는 빼놓을 수 없을뿐더러, 쌀 역시도 매번 와서 구해야만 했다.

"자주 좀 와. 이러다 얼굴 까먹겠다."

대략 오십 대쯤 돼 보이는 중년 여성이었다. 자식이 있다면 사고진이 막내아들 정도로 보일 것이다. 그렇기 때문일까? 그녀는 사고진을 더욱 애틋하게 생각하는 듯, 사고진에게 소금을 듬뿍 얹어 주었다.

"왜 이렇게 많이 주세요? 남는 것도 없겠어요."
"에이, 그냥 받아 가. 한 번 내려오기도 힘들잖아?"
사실 그녀는 사고진이 어디에 사는지 알고 있었다. 마을에서도 아주 멀리 떨어진 산속에서 노인과 살고 있다는 것을 알고 있는 그녀는, 한 번씩 찾아오는 사고진에게 고마움도 느끼는 한편 측은한 마음도 품고 있었다.
'에효, 이 어린 것이 괴팍한 노인을 만나서 이 고생이구나.'
그녀는 사고진이 함께하고 있는 노인을 매우 못마땅하게 생각했다. 어릴 때부터 사고진이 매번 소금을 구하러 왔기 때문에, 그 노인이 사고진을 부려 먹는다고 생각한 것이다.
그런 생각을 하며 한쪽에 있는 보자기를 풀기 시작했다. 그러고는 그 속에서 새하얀 찐빵을 하나 꺼냈다.
"갈 때 시장할 텐데 이거라도 먹으면서 가렴."
"아, 아니에요. 괜찮아요."
"어른이 주면 '고맙습니다~!' 하고 받는 거야. 자, 어서!"
사고진은 마지못해 찐빵을 받았다. 매번 그녀는 자신이 올 때마다 이렇게 뭔가를 하나씩 더 주곤 했다.
'아마 어머니가 있었다면 이런 분이시겠지. 자신은 굶어도 자식은 꼭 챙겨 주는…….'

사고진은 그녀에게서 어머니의 모습을 그렸다.

이곳을 들락날락한 지도 팔 년이 되었다. 여덟 살 때 처음 와서 그때부터 백연을 따라 이 마을에 들르게 되었고 열 살이 되었을 때부터는 혼자서 이곳을 다녔다.

그러다 보니 소금을 파는 그녀와는 자연스레 알게 되었고, 몇 년 동안 정이 붙게 된 것이다.

찐빵을 한 손에 들며 사고진은 인사를 하고 나섰다.

"휴…… 이놈의 소금만 사러 돌아다닌 지도 벌써 팔 년이네."

마을은 그렇게 크지 않았다. 유동 인구가 많은 것도 아니었다. 작은 마을로 어느 정도 생필품은 구입할 수 있는 곳이었다.

뛰어노는 아이들의 모습이 눈에 들어오기도 하고, 자식과 부모가 함께 있는 모습도 눈에 들어왔다. 하지만 그런 모습들은 더 이상 사고진에게 어떠한 감응도 주지 못했다.

사고진의 나이라면 다른 비슷한 연배의 여아들에게 관심을 가질 법도 했지만, 애초에 여자에 대해선 문외한이나 다름이 없었기 때문에 그런 여아들도 중년 여인을 보는 시선이나 크게 다를 것이 없었던 것이다.

많은 아이들이 부모의 손을 잡거나, 아버지의 등에 업혀서 걸어갈 때 사고진은 그런 그들의 뒷모습을 뚫어지게 바라보곤 했다. 그러한 이유는 자신의 아버지가 생각이 나곤 했기 때문이다. 하지만 그 모습들이 사고진에게는 부럽다고 느껴지진 않았다. 그의 곁에는 언제나 사부가 존재했으니 말이다.

'우리 노친네 배고프겠다. 얼른 가서 밥이나 해야지.'

사고진은 얼른 산속을 향해서 걷기 시작했다. 무공을 배웠다고는 하지만, 아직 보법이나 경신법 같은 것은 익히지 못한 상태였다.

'에잇! 노친네. 그냥 풀 위를 달리는 그거나 좀 가르쳐 주지, 이게 뭐야? 매번 뛰어다니게나 하고. 좋다가도 한 번씩 생각하면 열 받는다니까.'

한때 백연이 초상비를 펼치는 모습을 보면서 그 모습이 참으로 멋지다고 느꼈었다. 또한 보통의 움직임과는 다르게 매우 빠르고 가볍다는 것 역시도. 그러나 아직까지도 백연은 그에게 초상비를 가르쳐 주지 않았다.

알게 모르게 사고진은 이러한 것들을 마음에 품고 있었다.

"응?"

장원을 향해서 길을 가던 중, 사고진은 문득 이상한 점을 발견하게 되었다. 이 길목은 사람들이 다니지 않는 길목이다. 산에서 유일하게 생활하는 자신이나 간혹 약초를 캐러 다니는 이들이 있긴 하지만, 이러한 흔적을 남겨 놓지는 않았던 것이다.

 약초꾼들은 투박한 걸음걸이를 사용한다. 흔히 보통 사람들의 걸음걸이는, 앞부분이 파이며 흙이 뒤로 밀려간다. 그러나 지금 이 흔적은 보통 사람들이 보여 주는 그것이 아니었다. 흙이 뒤로 밀려난 것이 아닌, 그저 아래로 지그시 누른 흔적이 역력했기 때문이다.

"이상한데?"

 그것은 분명 짐승의 흔적은 아니었다. 그래도 그는 사냥꾼의 아들이다. 그렇다 보니 흔적에 대해서만큼은 사필환에게 확실하게 배운 적이 있었다.

 사냥꾼 중에서도 뛰어난 감각을 지닌 사필환에게서 물려받은 재능이었기에 이러한 것에서는 좀처럼 오차를 찾아볼 수가 없었다.

"뭐야? 장원 쪽으로 나 있잖아?"

 사고진은 흔적이 장원으로 나 있는 것을 알 수가 있었다. 그런데 발길의 흔적이 한두 개가 아니었다.

"여러 명 같은데…… 장원엔 웬일이지?"

 이곳에서 팔 년을 생활하면서 지금까지 단 한 번도 외지의 손님을 받아 본 적이 없었다. 그랬기 때문에 손님이 찾아왔다는 것이 의아했다.

"무공을 쓰는 사람들인가?"

 사고진은 흔적을 자세히 살펴보고서 일반 사람이 걷는

걸음걸이보다는 더욱 가볍다는 것을 인지했다.

"경신법의 흔적인데…… 경신법이면 뭔가 서두른 거야 뭐야? 아 제길, 장원까지 가려면 아직 한참이나 남았는데. 하긴 사부님이 큰일을 당하실 분은 아니니……."

백연의 실력에 대해서 확신을 가지고 있는 사고진이었기에 천천히 장원을 향해서 걸었다. 하지만 장원에 가까이 다가갈수록 자신도 모르게 조금씩 걸음을 재촉하기 시작했던 것이다.

그리고 장원에 도착했을 때, 집 안의 분위기가 사뭇 다르다는 것을 직감하고는 급히 대문을 열었다.

문을 열고 들어선 사고진의 눈에는 집 안 여기저기가 파괴되어 있는 흔적들이 보였다. 그는 다짜고짜 소리쳤다.

"사부님!!"

파괴의 흔적으로 보아서는 누군가와 결투를 벌인 것임이 틀림없었다. 장원이 워낙 조용해 사고진이 소리치자, 주변이 울렸지만 그 누구도 대답하지 않았다.

대답이 없자 사고진은 급히 백연의 거처로 달렸다.

덜컥!

"사부님!"

급한 마음에 방문을 급히 열어젖히자 그곳에 백연이 정좌해 있었다.

"무슨 일인데 이렇게 호들갑이냐?"

"아……."

백연이 아무런 이상 없이 자신을 맞이하자, 그제야 안도의 한숨을 내쉬는 사고진이었다.

"대체 이게 어찌 된 일입니까? 왜 이렇게 집 안 여기저기가 부서져 있는 것입니까? 그리고 올라오다 보니까 누군가가 장원에 온 것 같던데요?"

"네가 그걸 어떻게 아느냐?"

"이래 봬도 제자, 사냥꾼의 아들이었습니다. 주변의 흔적이 바뀐 것은 조금 알아차릴 수가 있지요. 더군다나 집 꼴이 이렇게 되었는데! 사부님이 혼자서 괜히 가만히 있는 집을 때려 부술 일은 없지 않습니까?"

"흠, 크게 신경 쓰지 않아도 된다. 망할 녀석들이 곱게 있다 갈 것이지. 왜 남의 집은 이렇게 부수는지 원……."

백연은 심드렁한 표정으로 사고진을 보며 말했다.

"미안하게 됐다만, 어질러진 집 좀 치우거라."

"예, 알겠습니다."

사고진이 방을 빠져나갔을 때에야 백연은 인상을 찌푸리고 자신의 왼쪽 옆구리를 보았다. 그의 옷이 피로 젖어 있었다. 조금 전 사고진의 위치에서 백연의 왼쪽 옆구리는 사각지대였기 때문에 그는 볼 수가 없었던 것이다.

백연은 헝겊과 약을 꺼냈다. 그러고는 자신의 상처를

치료한 후, 사고진이 볼세라 그 모든 것들을 치웠다.
 "크큭, 나도 늙었군. 그런 애송이들을 상대로 검상을 입다니……."
 백연은 씁쓸한 미소를 지었다.

第二章 남아지도(男兒之道) — 너무 산속에만 있었어

두 사람이 항상 수련을 하는 산 중턱. 그곳에서 백연과 사고진이 마주 보며 앉아 있었다.

백연은 사고진을 바라보며 물었다.

"궁사에게 있어서 가장 주의해야 할 점이 무엇이더냐?"

"검사들의 접근을 피해야 하는 것입니다. 또한 등 뒤를 내주어서는 안 됩니다."

자신이 의도한 대답이 나온 듯 백연은 고개를 끄덕였다.

"그래, 그 말이 맞다. 궁사가 가장 주의해야 할 점은 그것이다. 접근전은 어떻게 하더라도 고수의 공격을 막아내긴 힘들다. 또한 등 뒤를 잡힌다면 그것은 매우 치명상이 되지. 그런 것을 예방하기 위해서는 경공이 반드시 필요하다. 그래서 오늘부터는 너에게 경신법(輕身法)을 가르칠 것이다."

"경신법엔 어떠한 무공들이 있나요?"

"경신법에는 많은 무공들이 존재한다. 네가 듣도 보도 못한 엄청난 상승 무공부터 시작해서 이류 경신법까지. 하지만 이러한 하찮은 이류 경신법이라 할지라도 우리 궁사에게 있어서는 매우 큰 도움이 될 경신법들이 많으니, 기회가 된다면 모든 경신법을 익히도록 하거라."

드디어 고대하던 경공을 배우게 될 사고진의 얼굴에는 기쁜 표정이 역력히 드러났다.

"후후, 좋으냐?"

"아? 아…… 사실 너무나 기쁩니다."

"허허, 뭐가 그렇게 기쁜 것이냐?"

지금까지 사고진을 지켜본바 백연은 사고진이 무공에 큰 관심이 없다는 것을 알고 있었다. 의무적으로 배운다는 느낌이 너무나 강했기 때문이다. 또한 사고진에게는 욕심이 없었기 때문에, 더 강력한 무공을 익히고 배워야 한다는 뜻을 볼 수가 없었다. 그런데 그런 사고진이 경공이란 무공에 호기심을 보이자 관심이 갈 수밖에 없었던 것이다.

"사실 그동안 마을에 갔다 오면 시간이 너무 많이 걸렸거든요. 그런데 경공을 배움으로 해서 그 시간이 단축될 것을 생각하니 기분이 좋아서 그렇습니다."

"허? 허허······."

엉뚱하게도 사고진이 경공을 익힌다는 사실에 즐거워 했던 이유는 다름 아닌 일상생활에 편한 방편으로 작용되기 때문이었던 것이다.

경신법은 크게 익혀야 할 것은 없었다. 내공의 조절로 몸을 순환하여 그것을 토대로 기존보다 좀 더 몸을 가볍게 하는 것에 있었다. 이 정도는 사고진 역시도 금방 습득할 수 있었다. 문제는 경공이었다.

경공은 내공이 기초가 되어야 했기 때문에 사고진이 펼칠 수 있는 경공에는 한계가 있었다.

그중에서도 사고진이 익히는 것은 바로 금리도천파(金鯉倒千波)와 능파미보(凌波迷步)였다.

금리도천파는 위기에 닥쳤을 때 그 자리를 빠져나가기 위한 수법이었으며, 능파미보는 혹시나 모를 적들의 공격을 피하기 위한 수단이었다.

이 두 경공은 큰 내공을 지니고 있지 않아도 충분히 시전이 가능했다. 문제는 두 경공을 익히는 방법이 매우 난해하다는 것이었지만, 사고진은 이러한 것을 모두 받아들일 만큼 두 경공을 순식간에 습득해 나가기 시작했다.

'허? 뭐 이런 녀석이 다 있담? 궁이야 제 아비의 재능을 이어받아서 잘 쏜다고 하지만, 어찌 경공까지 이렇게

빨리 습득할 수가 있단 말인가? 이러다가 내 밑천까지 다 내보이는 게 아닌가 모르겠군.'

경공을 배운 지도 보름이 지났다. 어느새 사고진은 금리도천파와 능파미보를 자연스럽게 구사하고 있었다. 멀리서 그 모습을 보고 있던 백연은 자신의 수염을 쓸면서 흐뭇한 미소를 보였다.
"허허…… 녀석. 하루라도 경공을 구사하지 않는 날이 없군? 저렇게 배우고 싶었던 것을 왜 여태껏 말도 하지 않고 있었단 말인가?"
경공을 배운 후, 매일같이 경공에 매진하는 사고진의 모습을 보면서 그가 얼마나 힘들게 걷고 뛰어다녔는지를 어렴풋이 짐작할 수 있었다.
그런 사고진을 향해서 백연은 또다시 궁을 들었다.
"어디…… 경공을 배운 효과가 있는지 한번 보자꾸나."
백연은 자신의 자현궁을 들어 화살 네 개를 시위에 올려놓고는 그대로 잡아당겼다.
피악!
공기가 찢어지는 소리가 나며 네 개의 화살은 매서운 속도로 사고진을 향해서 날아갔다.
백연의 화살은 음속보다 빨랐다. 보통의 인간이라면 그

것을 눈치채지 못할 테지만, 사고진은 달랐다.
 화살이 날아오는 것을 눈치챈 사고진은 재빨리 자신의 강궁을 들었다. 그러고는 화살을 시위에 빠른 속도로 올렸다. 그러나 날아오는 화살의 개수를 바라본 사고진은 자신의 판단이 잘못되었다는 것을 알고는 급히 화살을 거두고는 경공을 시전했다.
 사사사삭~!
 처음으로 누군가의 공격으로부터 피하기 위해서 시전된 금리도천파!
 사고진의 신형이 움직였을 때, 화살 네 발은 그의 주변에 모두 박혔다. 하지만 이미 그 자리에서 빠져나온 사고진은 아무런 위협을 받지 않았다. 그러나 그것이 끝이 아니었다. 언제 쏘았는지 모를 화살이 무더기로 자신을 향해서 날아오고 있었다.
 정면에서 날아오는 화살만 하더라도 십여 발은 되는 듯 보였고, 또한 머리 위에서도 많은 화살이 떨어져 내리고 있었다.
 그 모습을 본 사고진은 잠시 멍해질 수밖에 없었다.
 "저 영감이…… 내가 죽어 봐야 저승이 있다는 것을 알려고 하시는 건가?"
 순간 너무나 많은 화살에 어이를 상실할 지경이었던 사고진은 그 자리에서 능파미보를 시전했다.

'하? 이 정도로 쉽게 피할 수 있다니?'

눈으로 확인하기도 힘든 수많은 화살 속에서 능파미보를 시전하며, 아주 여유롭게 피해 다니고 있는 자신의 모습은 본인조차도 놀랄 정도였다.

하지만 좀처럼 화살은 그칠 생각을 하지 않았다.

'아, 빌어먹을 영감! 대체 언제까지 쏠 거야!'

사고진이 이러한 생각을 하고 있을 때, 백연은 한쪽에 있는 화살을 계속해서 집어 들고 있었다.

"허허, 녀석. 잘 피하고 있군."

그는 온 사방으로 궁을 쏘아대고 있었다. 때로는 위로, 때로는 좌우로. 하지만 화살들이 사고진을 향해서 떨어지는 시간은 거의 동일했다. 이는 화살을 쏘는 시간대는 다르지만, 명중되는 시간은 거의 일정하게 맞추기 때문이었다. 현재 무림에서 백연이 아니라면 이러한 궁술을 구사하는 자도 거의 없을 것이었다.

궁이란 쏘는 방향대로 일정하게 날아가는 것이 통상적이지만, 날아가는 화살은 그 힘이 떨어져 곡선을 그린다. 그러나 백연의 화살은 그렇지가 않았다. 물론 힘이 떨어지는 화살이 곡선을 그리며 떨어지는 것은 당연한 것이다. 그러나 양옆으로 쏘는 화살들은 백연의 의도에 따라서 좌우로 크게 꺾여 목표 지점을 향해서 날아가는 것이었다.

백연은 이를 미리 생각이라도 하고 온 듯, 그의 근처에는 수많은 화살통들이 놓여 있었다.
　"제길! 대체 언제까지 쏘는 거야? 이놈의 화살들은 죄다 내가 만드는 것인데, 이렇게 마구 쏘아대면 결국 나를 두 번 죽이는 꼴이잖아!"
　경공을 사용해 계속해서 화살을 피하고는 있었지만, 그것이 곧 무리임을 간파한 사고진은 자신의 강궁을 들었다.
　"그래! 영감. 최소한 나 혼자 죽진 않는다!"
　강궁의 시위를 크게 잡아당긴 사고진은 그대로 화살을 쏘았다.
　쉬악!!
　화살은 그대로 백연을 향해서 쏘아져 갔다.
　"허허? 녀석. 반격도 할 줄 아는 여유가 있단 말인가?"
　백연은 자신을 향해서 날아오는 화살을 바라보며 궁을 다시 겨누었다.
　끼기긱~!
　강하게 시위를 잡아당기자, 자현궁에서 기이한 소리가 나기 시작했다. 그러더니 자현궁 전체에서 아지랑이가 피어올랐다.
　그것은 궁기였다.
　"애초부터 이 정도는 생각지도 않고 있었느니라."

푸각!!

자현궁에서 강하게 튕겨져 나간 화살은 자신을 향해서 날아오는 화살을 그대로 파괴시키며 사고진을 향해서 쏘아져 갔다.

"헉!"

퍼퍼펑!

자신의 화살이 그대로 파괴되는 장면을 목격한 사고진은 즉시 그 자리를 벗어났다. 화살이 박힌 자리는 큰 폭발음을 일으켰고, 그 모습을 본 사고진은 넋을 잃고 말았다.

"영감…… 내가 대체 뭘 잘못했길래?"

하는 수 없이 사고진은 마음을 다잡았다.

"나도 이러고 싶진 않지만, 다 영감이 자초한 거잖아?"

주변에 널려 있는 수많은 화살을 바라보며 사고진은 한숨을 크게 쉬었다.

"제길…… 내일부터는 또다시 화살 제작에 열을 올려야 할지도 모르겠군. 왜 이런 쓸데없는 짓을 해서 시간 낭비를 시키는 것인지 원."

화살이라는 것이 매일 생겨나는 것은 아니다. 그것은 어디까지나 사고진 자신이 직접 만들어 매일매일 쓸 분량을 축적하고 있었던 것이다.

지금까지 축적해 놓은 화살을 백연이 모조리 가지고 나

옴으로 해서, 이 중에서 절반 이상은 쓸모가 없게 된다는 것을 알고는 한숨밖에 나오지 않았던 것이다.

  사고진은 천천히 걸음을 걸으며 주변에 있는 화살을 하나둘 뽑아 들기 시작했다.

  세 개의 화살을 집어 든 사고진은 시위에 올려놓고 그대로 내공을 끌어올리기 시작했다.

  "비연시!"

  세 개의 화살촉이 밝게 빛을 내기 시작했다. 그 모습을 멀리서 지켜보던 백연은 놀라움을 금치 못했다.

  "허? 벌써 저 정도의 경지까지 올랐단 말인가?"

  비연시의 특징은 바로 화살촉에서 강한 빛이 뿜어져 나오는 것이다. 비연시는 내공의 깊이와 깨달음의 차이에 따라 그 빛의 밝기가 달라지는데, 처음에는 그저 화살촉이 빛에 반사된 것처럼 짤막한 빛만 뿜어내고 사라진다. 하지만 중간의 단계에 이르러서는 멀리서도 충분히 알아볼 수 있을 정도의 빛을 지닐 수가 있으며, 마지막 단계에는 가까이에서는 화살을 바라볼 수 없을 정도로 강력한 빛을 뿜어낸다.

  그런데 무공을 익힌 지 얼마 되지도 않았는데 벌써 사고진은 중간 단계의 비연시를 시전하고 있었던 것이다.

  파학!!

  사고진의 손에서 큰 소리의 풍압이 흘러나왔다. 그리고

그의 손을 떠난 세 개의 화살은 빛을 머금고 빠른 속도로 백연을 향해서 날아갔다.

"흠!"

백연은 또다시 내공을 끌어올리고는 하나의 화살을 시위에 가져다 대었다.

"막을 수 있으면 막아 보아라. 화룡관영!"

화르륵~!

그의 손을 떠난 화살. 그런데 기이한 일이 발생했다. 아무렇지도 않던 화살이 자현궁의 시위에서 떠나는 순간 화염(火焰)을 머금기 시작했던 것이다.

"저, 저런!"

사고진은 그 모습을 보며 뒤도 돌아보지 않고 그대로 그 자리를 벗어났다.

화룡관영! 그것은 강력한 화염을 동반하는 무공으로, 지금 현재 사고진은 백연의 무위를 따라갈 수 없는 수위였다. 그것을 증명하듯 백연을 향해서 날아가던 세 개의 비연시는 화룡관영에 의해서 그대로 재가 되어 버렸다. 그리고도 화룡관영의 화살은 매서운 속도로 사고진이 있는 방향을 향해서 쏘아져 갔다.

허공에 거대한 용이 그려지듯 찰나의 순간이었지만, 그 모습을 본 사람이 있다면 화룡이 춤을 추는 모습으로 보였을 것이다.

쿠아아앙~!

화르르륵~!

"으아악!"

큰 폭발음과 함께 주변이 순식간에 불에 휩싸였다. 화룡관영의 위력은 결코 만만한 것이 아니었다.

"쯧쯧……."

백연은 화룡관영의 위력을 피해 내지 못하고 한쪽으로 나가떨어지는 사고진을 바라보며 혀를 찼다.

'녀석…… 그래도 그 짧은 시간 안에 저 정도의 성취를 보인 것을 칭찬해야 하려나?'

화룡관영을 극성으로 펼친 백연이었기에 조금은 기대를 가지고 있었는지도 몰랐다. 사고진이 또 다른 방법으로 화룡관영을 상쇄시키며 자신에게 공격하기를 말이다.

화염은 걷잡을 수 없이 크게 번지기 시작했다.

"으응……."

폭발과 함께 정신을 잃었던 사고진은 천천히 정신을 차렸다. 그가 눈을 떴을 때 수많은 화살들이 하늘을 뒤덮었고, 잠시 후 강한 바람과 함께 그는 또다시 한쪽으로 나가떨어지며 정신을 잃어야만 했다.

푸화확~!

강력한 풍압! 그것은 내공을 집중하여 화살을 그만큼 빠르게 쏘아 낸 것이었다.

쿠쾅쿠쾅~!

내공이 집중된 화살은 화염이 번진 곳곳에 떨어지며, 폭발과 함께 화염을 진압해 가고 있었다.

쓰러진 사고진 앞으로 백연이 다가왔다. 흐뭇한 미소로 사고진을 바라본 백연은 그를 조심스럽게 들쳐 업고는 장원을 향해서 천천히 걸어갔다.

"제길…… 이럴 줄 알았다니까!"

정신을 차린 다음 날, 사고진은 곳곳에 박혀 있는 화살을 수거하느라 정신이 없었다. 그리고 그날은 또다시 화살을 제작하는 데 열을 올려야만 했고, 그렇게 시간은 점차 흘러갔다.

조용한 숲. 아무런 일도 일어날 것 같지 않고, 그저 자연을 벗 삼아 살아가고 있는 장원에 어느 날 누군가가 찾아왔다.

"오? 이게 누군가? 낙성혼이 아닌가?"

"오랜만에 뵙겠습니다, 형님."

올해 사십구 세의 낙성혼은 작은 문파인 낙성문의 문주였다. 그는 주로 창술을 구사하며 무림에서는 그래도 이름이 꽤 알려진 바 있었다.

"이게 얼마 만인가? 거의 십 년 만이군? 어떻게 이곳을 찾아온 것인가? 아, 이게 아니지. 내 손님 접대를 해

보는 게 너무 오랜만이라. 이해하시게. 자자, 안으로 드시게."

백연은 그를 이끌고 방 안으로 들어섰다. 낙성혼은 자신 이외에는 아무도 이끌고 오지 않았다.

방 안에서 낙성혼은 백연과의 지난 이야기를 잠시 꺼내며 즐거운 표정을 지었다. 하지만 이내 그의 표정은 어두워졌고, 그가 이곳을 찾은 이유를 천천히 말했다.

"사실 무림에 수상한 낌새가 있습니다."

"수상한 낌새라니?"

낙성혼은 무림에 새롭게 이름을 올리고 있는 한 인물을 거론했다.

"그의 이름은 도을진이라고 합니다. 절정고수의 실력을 가지고 있지요. 그런데 문제는 녀석이 거느린 세력입니다. 처음에는 그저 작은 회를 하나 설립했지요. 천상회라고 이름 짓고는 무림에서 활동을 하기 시작했습니다. 그런데 시간이 지날수록 천상회에 입단하는 자들이 늘어가기 시작했습니다."

"천상회는 어디 소속인가?"

백연은 그 천상회가 정파인지 사파인지를 묻고 있었다.

"그것이 좀 애매합니다. 정파와 사파 그 어느 곳에도 속해 있지 않습니다."

"그럼 중립을 지킨단 말인가?"

"그것도 아닌 것이……."

천상회는 자신들에게 대적하는 모든 이들에게 검을 겨눴다. 그것은 정파와 사파를 막론했다. 이렇게 된다면 그들은 무림의 적이 되는 것이나 다름이 없었지만, 천상회의 힘이 날이 갈수록 강력해지는 통에 그 어느 문파도 쉽게 천상회를 거론하지 못하고 있었던 것이다.

"그렇군. 그런데 자네가 나를 찾아온 이유가 무엇인가?"

"사실…… 형님을 저희 문파로 모시고 싶습니다."

"응? 자네가 날?"

자신을 문파로 영입하려는 낙성혼의 의도를 잘 모르는 백연이었다. 사실 낙성혼은 힘들다고 해서 누군가에게 머리를 조아리거나 하는 사람이 아니었다. 그런 그가 천상회 때문에 자신에게 도움을 요청한다는 것이 조금은 의아했던 것이다.

"사실 천상회의 세력이 커지면서 낙성문 역시도 조금은 형편이 어려워졌습니다. 더군다나 제대로 이름이 알려진 것도 아니다 보니, 사실 어려운 점이 한두 가지가 아니었고요. 형님의 이름 정도라면 누구나 들어 봤을 테니, 형님을 저희 문파로 모셔 오고 싶습니다."

지금까지 중립을 지키고 있던 백연이 낙성문으로 들어가게 된다면, 그는 정파의 일원이 되어 버리고 만다.

그렇다는 것은 그동안 그를 멸시하던 사파는 더더욱 그를 거들떠보지도 않을 것이 자명했다. 오랜 시간 중립을 지켰기 때문에 동생의 부탁이라도 거절을 할 수밖에 없는 상황이었다.

"자네에게 미안하네만 나는 그냥 이곳에서 조용히 살고 싶네. 무림과 연관되기는 싫어. 그렇지만 자네가 누구를 좀 맡아 주었으면 하네."

"예? 그게 무슨 말씀이신지?"

대뜸 맡아 주었으면 한다는 말에 낙성혼이 멍한 표정으로 그를 쳐다보았다.

"뭐 백번 말해서 뭐하겠는가? 한 번 보여 주는 게 낫겠지. 따라오게나."

백연은 낙성혼을 데리고 어디론가 향했다. 그가 간 곳은 거대한 절벽이 위치한 곳으로, 그곳에서 사고진이 수련을 하고 있었던 것이다.

파앙~!

쿠쾅~!

그가 화살을 한 발 쏠 때마다 주변의 바위가 파괴되어 갔다. 또한 그의 궁 솜씨는 상당히 뛰어났으며, 궁을 쏘기까지의 시간은 보통 궁사들과는 확연하게 차이가 나는 짧은 속도였다.

이 정도의 위력을 낸다는 것은 그가 궁에 있어서만큼은

상당한 실력에 오른 인물이라고 볼 수 있었다.
"저 아이는 대체 누굽니까?"
낙성혼이 아직 채 약관을 넘지 못한 듯 보이는 이를 바라보며 물었다.
"저 아이는 이제 막 십칠 세가 되었네. 내 친우의 아들이지. 어떤가?"
"노, 놀랍군요. 십칠 세의 나이에 저런 위력이 실린 궁을 쏘다니 말입니다."
"허허, 역시 자네도 놀라는군? 나도 저 애를 제자로 받아들이고 해가 거듭될수록 놀라고 있다네."
백연은 자랑스럽다는 듯 사고진이 궁을 쏘는 모습을 지켜보았다. 그러다 낙성혼에게 고개를 돌리고는 말했다.
"자네가 저 아이를 맡아 주지 않겠나?"
"예? 그게 무슨 말씀이신지?"
백연을 모시러 왔다가 난데없이 그의 제자를 맡아 달라는 말에 그가 의문을 던졌다.
"사실 저 아이의 실력은 이제 무림에서도 통할 정도라네. 그런데 녀석이 너무 욕심이 없어. 남들보다 강해지고 싶다는 욕심보다는 그저 내가 가르쳐 주니까 익히는 것이고, 삶에 필요해서 배우는 것일 뿐이네. 자네가 저 아이를 무림에서 대들보로 만들어 주었으면 좋겠구만."
백연의 눈에 진심이 담겨져 있었다. 사실 낙성혼은 백

연이 욕심이 있다는 것을 알고 있었다. 그의 욕심은 바로 궁으로 무림을 제패하는 것. 그런데 어느 날 백연은 무림에서 종적을 감추었다. 그 이유는 무림에 있어 봐야 자신의 실력으로는 궁의 위력을 확실하게 떨칠 수 없다는 것을 예측했기 때문이다.

그렇게 포기한 그날 그가 사필환을 찾은 것이었고, 마치 운명처럼 그곳에서 사고진을 만나게 된 것이다.

"지금 당장은 아니네. 아직 저 녀석에게 몇 가지 더 가르쳐 줄 것이 남아 있으니까 말일세. 저 아이가 때가 된다면 그때 자네에게 보내겠네."

"하하. 알겠습니다. 그런데 놀랍군요. 형님께서 제자를 거두실 줄은 꿈에도 몰랐습니다."

"후후. 내 친우의 아이일세. 어린 나이에 아버지 없이 혼자서 살고 있더군. 그 모습이 좀 안쓰럽기도 하고……. 자네가 보는 것처럼 재능이 뛰어나지 않은가?"

낙성혼은 백연의 부탁대로 사고진을 받아들일 생각이었다. 하지만 그를 받아들인다는 것은 낙성문의 도움을 위해서가 아닌, 형님의 동생으로 무림을 알려 주기 위해서, 그에게 무림에서 생활할 수 있는 시간을 만들어 주고자 함이었다.

"확실히 재능은 있어 보이는군요. 하지만 무림에선 어떠한 일들이 일어날지 모르니까요."

"그렇지. 그래서 내가 가진 모든 것을 저 아이에게 물려주려고 하네."

"형님이 그렇게 말씀하시니 제가 더욱 부담이 되는군요."

낙성혼은 웃으며 백연을 바라보았다. 둘은 그렇게 흐뭇한 얼굴로 사고진이 궁을 쏘는 장면을 지켜보았다. 이후 낙성혼은 간단한 대화만 하고 산을 내려갔다.

백연의 가르침에 사고진은 일시패도에 적힌 무공들을 모두 익힌 상태였다. 하지만 그것들을 대성은 이룰 수는 없었다. 아직까지도 그의 내공은 반 갑자를 조금 넘는 수준에 머물렀기 때문이다.

'이제 저 녀석을 떠나보낼 때가 된 것인가?'

빠르게 숲을 누비면서 무공을 시전하고 있는 사고진을 바라보며 백연은 옅은 미소를 지어 보였다.

오랜 시간을 그와 함께하면서 꽤나 정이 많이 들어 있었다. 사고진은 제자가 아닌, 자신에게 있어서 손주와도 같았기 때문이다.

사고진은 매번 자신보다 백연을 먼저 챙겼었다. 물론 그의 속마음이 어떠한지는 알 수 없지만, 겉으로는 언제나 예의 바른 손자일 뿐이었다.

'저 녀석이 곁에 없으면 적적하겠군.'

백연은 수련이 끝난 후, 장원으로 돌아온 사고진을 불렀다.

"이제 넌 무림으로 가거라."

"예? 갑자기 무림으로 가라니? 그게 무슨 말씀이신지요?"

난데없는 통보에 사고진은 약간 당황한 듯한 얼굴을 했다.

"남자란 필히 큰 세상을 바라보아야 한다. 이렇게 산속에만 틀어박혀 있어서는 사내대장부라고 할 수 없지."

"후후, 그러면 사부님도 사내대장부가 아니신가요?"

사고진이 미소를 지으며 오히려 그의 말에 대꾸했다.

"허헛? 이 녀석 봐라? 나는 이미 다 죽어 가는 나이인데, 사내대장부 구실을 해서 뭐하겠느냐? 그냥 차라리 죽을 때까지 이렇게 장원에 있는 게 낫지 않겠느냐? 그리고 이미 젊었을 때 무림 구경은 다 해 보았기에 난 여한이 없다. 하지만 넌 다르지 않겠느냐?"

사실 사고진은 단 한 번도 무림에 대한 꿈을 꾸어 본 적이 없었다. 그렇다 보니 백연이 하는 말은 오히려 귀찮게만 여겨질 정도였다.

"저기 사부님. 그냥 사부님을 모시고 이곳에서 계속 살면 안 되겠습니까?"

사고진이 약간 불쌍한 표정을 지으며 백연에게 부탁했

다.

"허허…… 이 녀석아. 사내라면 최소한 포부를 안고 살아야지?"

"저에게 포부란 사부님과 이곳 장원에서 걱정 없이 사는 것입니다."

"허…… 거참……."

대체 이를 어쩌면 좋단 말인가? 막상 본인이 가기 싫다는데 억지로 보낼 수도 없는 노릇이었다. 그렇다면 다른 무엇으로라도 그를 무림에 발을 딛게 만드는 계기가 필요한 순간이었다.

"넌 너보다 더 강한 자들을 상대해 보고 싶지 않느냐?"

"강한 자요? 그들과 싸워서 뭐합니까? 어차피 저보다 강하면 제가 질 게 뻔한데 말입니다?"

"그, 그렇긴 하지."

너무나 현실적인 판단! 욕망이고 꿈이고, 그에게는 아무것도 없었다.

'네 녀석이 그렇게 나온다면 나도 다 방법이 있다.'

백연은 그가 가장 갖고 싶어 하는 한 가지를 내걸 셈이었다.

"네가 무림으로 간다면 자현궁을 너에게 주마."

"저, 정말이세요?"

자현궁!

사실 사고진은 태어나서 자현궁처럼 대단한 궁을 본 적이 없었다. 그렇다 보니 자현궁을 가지고 싶은 마음은 굴뚝같았으나, 사부님의 신물과 같은 자현궁을 어찌 자신이 욕심을 부릴 수가 있단 말인가?

 그런데 무림에만 나간다면 자현궁을 준다고 하니 구미가 당기지 않을 수 없었다.

 "그래! 네 녀석이 무림에만 간다면 정말로 자현궁을 너에게 주마!"

 백연은 사고진의 표정을 바라보며 승리의 쾌감을 느꼈다. 그가 가장 바라는 것이 바로 자현궁이라는 것을 알게 된 것이다.

 "흠……."

 그런데 이게 무슨 일일까? 자현궁을 준다고 하는데도 사고진은 고민하는 모습을 보이기 시작했다.

 '어차피 사부님이 돌아가시면 자현궁은 내 것이 되는데…… 굳이 내가 무림이라는 위험한 곳을 택하면서 당장 자현궁을 넘보지 않아도 상관은 없잖아?'

 백연의 제자는 자신뿐이다. 또한 백연이 죽게 되면 그의 모든 것은 자신이 물려받을 것이 뻔하다. 모든 것을 물려줄 대상이 자신인데, 지금 당장 자현궁을 얻기 위해서 모험을 할 필요는 없었던 것이다.

 '이, 이런! 자현궁으로는 녀석의 마음을 흔들어 놓을

수 없는 것인가!'

놀라지 않을 수 없는 일이다. 자현궁만 주면 뭐든지 된다고 생각했던 백연의 의중이 모두 수포로 돌아가는 순간이었다.

"넌 여자를 만나고 싶지 않느냐?"

"여자요? 여자라면 뭐 한 번씩 소금을 사러 가면서 보는데요."

사고진은 소금을 파는 아주머니를 떠올리며 말했다.

"사실 어머니 같은 포근함이 있어서 좋긴 하지만, 그런 아주머니가 무림에 널린 것도 아니고, 그냥 한 번씩 소금 사러 가서 얼굴 보고 오는 게 더 기분 좋은데요?"

"어이쿠……."

어찌 남자가 아주머니를 상대로 여자에 대한 평을 할 수가 있단 말인가?

'이거 내가 너무 산속에서만 키웠구나.'

그러고 보니 사고진은 여자에 대해서 거의 문외한이나 다름이 없었다. 지금까지 그가 본 여인은 소금을 사러 갔을 때 마을을 다니는 여인들이 대부분이었지만, 그녀들과는 말 한 번 섞어 본 적이 없지 않던가? 더군다나 그 작은 마을에 미인들이 있어 봐야 얼마나 있겠는가? 대부분이 아주머니, 할머니로 구성된 것이나 다름이 없었다.

그렇다 보니 지금 사고진이 여자에게 관심을 두지 않는

것도 어쩌면 당연한 일인지도 몰랐다.

"이 녀석아, 여자란 그런 소금 파는 아주머니와 같은 것이 절대 아니란다. 넌 너와 동갑내기 아이들을 본 적이 있느냐?"

가만 생각해 보니 그런 적은 단 한 번도 없는 듯했다.

도리도리.

사고진이 고개를 가로젓자 백연은 다시 입을 열었다.

"본디 여자란 요물이다. 하지만 그런 요물임에도 많은 남성들은 여자에게 파묻혀 살고 싶어 한다. 그 이유가 뭐라고 생각하느냐?"

"글쎄요? 혹시 여의주라도 나오나요?"

요물이라는 말에 사고진은 손을 맞부딪치며 말했다. 이에 백연은 체념한 듯 입을 열었다.

"내가…… 말을 말지……."

더 이상 무슨 수로 사고진을 무림으로 이끌 수 있단 말인가?

낙성혼에게 부탁을 해 놓긴 했으나, 본인이 이렇게 싫다고 하는데 도저히 그를 무림으로 내몰 방도는 없었다. 할 수 없이 백연은 시간을 두고 사고진을 회유할 추가 방법을 생각해야 했다.

第三章 지보탄부송(地保誕孚松) — 여인을 위해 강호로 나서다

그렇게 무림 출도로 실랑이를 벌이던 어느 날, 사고진은 수련을 하다 말고 이상한 소리를 듣게 되었다.

챙챙~!

그것은 바로 병장기 부딪치는 소리였고, 사부가 그렇게 말하던 검과 검의 충돌이었다. 사실 이러한 음을 처음 들어 보는 사고진이었기에 조심스럽게 그들이 싸우는 장소로 걸음을 옮겼다.

그곳에는 검은 복면을 쓴 무사 세 명과 무복을 입은 무사 두 명이 서로 싸우고 있었다. 그리고 한쪽 끝에는 한 여인이 상자 하나를 들고 두려운 듯 그들을 바라보고 있었다.

"린아! 얼른 피하거라!"

"하, 하지만, 오라버니!"

"이곳은 우리에게 맡기고 어서 피하기나 해!"

여인은 두 무사의 말을 듣고는 급히 한쪽으로 도주하기 시작했다. 그녀가 도주한 장소는 수풀이 우거진 숲으로 너무 풍성한 나무들로 인해서 앞도 제대로 분간을 못할 정도였다.

복면인들은 즉시 그녀를 향해서 달려가려 했으나, 두 명의 무사가 그들을 막아서며 다시금 전투를 펼치기 시작했다.

"여긴 우리에게 맡기고, 넌 즉시 저년을 쫓아가서 상자를 뺏어라!"

"예!"

복면인 한 명이 즉각 자리에서 벗어나기 시작했다.

"후웁!"

그는 즉시 숨을 크게 들이켰다. 그러고는 빠르게 나무 위로 솟구쳤다.

"어엇?"

그 장면을 지켜보던 사고진은 깜짝 놀랐다. 지금까지 자신이 단 한 번도 본 적 없는 경공이었기 때문이다.

그것은 어기충소(御氣衝逍)로 한 모금의 진기(眞氣)로 하늘로 치솟는 신법(身法)이었다.

사고진이 사용하는 신법보다 한 단계 높은 신법이라고 할 수 있었다.

그는 즉시 여인을 향해서 날아가기 시작했다. 사고진은 그가 날아가는 방향과 네 명의 무사가 싸우고 있는 것 중 하나를 택해야만 했다.

그들이 싸우고 있는 검은 그저 초식으로 싸우고 있을 뿐이었지만, 방금 전 경공을 펼친 이는 자신이 보지 못한 수법을 사용했다. 그렇다면 당연히 호기심을 불러일으키는 쪽은 어기충소를 사용한 복면인이 되는 것이다.

사고진은 내공을 사용하면서 급히 그를 뒤쫓기 시작했다.

여인은 수풀 사이로 도망치느라 곳곳에 상처가 나기 시작했다. 긴 옷은 나무에 걸려 찢겨지고, 그녀의 다리 역시 성치 못했다.

가지에 찢기고, 가시에 찔리다 보니 다리에는 이미 피가 흥건히 묻어 나오고 있었다. 고통이 엄습했지만, 지금 그녀의 안중에는 없었다. 오로지 지금 이곳을 벗어나는 것만이 그녀의 머릿속을 가득 메우고 있었다.

슉~!

그때 뭔가가 나무 위로 날아가는 소리에 그녀는 깜짝 놀라며 걸음을 멈추었다.

"크큭, 그렇게 도망쳐서는 나한테서 벗어날 수 없지. 그 상자를 내게 넘겨라."

"이, 이건 안 돼! 우리 아버님을 살릴 약이란 말이야."

지보탄부송(地保誕우松)

"크크, 약? 감히 그 어느 누가 지보탄부송(地保誕孚松)을 약이라고 할 수 있겠는가? 큭큭큭."

지보탄부송!

그것은 죽은 자도 살릴 수 있다는 신비의 영약이었다. 하지만 이것은 꼭 사람을 고치는 효능만 있는 것이 아닌, 무인들이 섭취를 하게 되면 족히 이 갑자의 내공을 얻을 수 있는 최고의 영약이었다.

지하 깊숙한 곳에서 양기만을 먹고, 족히 천 년 이상의 세월이 흘러야만 겨우 바위틈을 뚫고 나와 세상의 빛을 보는 천고의 영약이나 다름이 없었다.

이런 엄청난 것을 들고 있는 이 소녀는 금방이라도 눈물을 떨어뜨릴 것 같았다.

"아버님이 위독하세요. 그러니 제발 저를 보내 주세요."

눈물이 맺힌 그녀의 얼굴에는 간절함이 묻어 나왔다. 하지만 그런 그녀의 얼굴을 보면서도 복면인은 아무런 변화가 없었다. 오히려 그녀를 향해서 시퍼런 날을 겨눌 뿐이었다.

"제갈세가의 가주가 어떻게 되든, 그것은 내 알 바가 아니다. 우린 그 지보탄부송이 필요할 뿐이니까. 비록 너를 죽이게 되더라도 상관없다."

"아, 안 돼요! 제발!"

그녀는 무릎까지 꿇으며 부탁을 해 보았지만, 복면인은 더 이상 그녀의 말을 듣지 않았다. 그리고 급기야 검을 들고 그녀를 향해 찔러 왔다.

무공을 사용할 줄 모르는 그녀로서는 지금 그의 행동을 보고 두 눈을 찔끔 감을 수밖에 없었다.

그런데 그때였다. 복면인은 무엇인가를 느끼며 급히 몸을 틀었다.

타앙~!

그것은 바로 화살이었다.

"누구냐!"

날아온 방향으로 보아 수풀 속에서 화살을 날린 듯싶었다. 하지만 좀처럼 그 모습을 드러내지 않고 있었다.

"썩어 빠진 화살로 감히 나를 상대하겠다고?"

궁수가 모습을 드러내지 않자, 복면인은 즉시 그를 찾아 나섰다.

'어차피 계집이야 무공도 사용하지 못한다. 멀리 도망가지는 못할 테지. 하지만 방해를 하는 녀석이 있다면 반드시 죽여야 한다. 혹시나 우리의 정체가 발각될지도 모르니까.'

그는 급히 수풀 사이로 몸을 날렸다.

그리고 그때 누군가가 소녀의 뒤로 사뿐히 뛰어내렸다.

"누…… 흡!"

그녀는 뒤에서 느껴진 인기척에 말을 이으려 했으나 그의 동작에 입을 닫고 말았다. 그는 다름 아닌 사고진이었다.

사고진이 아무리 오랫동안 산속에 살고 있었다고는 하지만, 누가 착하고 못됐는지는 금방 알 수 있었다. 떳떳한 이들이라면 왜 얼굴에 복면을 하고 있었겠는가?

그렇기 때문에 사고진은 그녀를 돕기로 했고, 화살이 날아온 반대 방향에서 궁을 쏘았던 것이다.

사고진의 궁술은 이미 일반 상식을 뛰어넘고 있었다. 직각으로 날아가는 화살이 아닌, 곡선을 그리면서도 목표물에 명중시킬 수가 있을 정도의 능력이 되었다.

전혀 엉뚱한 장소로 복면인이 사라진 후에야 사고진은 그녀를 이끌고 조심스럽게 그 장소를 벗어났다.

여인의 걸음이 느리다 보니 사고진은 할 수 없이 그녀를 들쳐 업고는 무공을 시전하며 재빠르게 빠져나갔다.

자신보다 이 숲을 잘 아는 이는 없을 것이다. 그렇기 때문에 사고진은 얼마든지 그녀를 업고서도 이곳에서 탈출을 시도할 수 있었다.

네 명은 아직까지도 서로 전투를 펼치고 있었기 때문에 자신을 찾을 엄두를 못 낼 것이다. 그렇다면 나머지 한 명의 시야에서만 벗어나면 되는 일이었다.

사고진은 즉각 자신의 기억대로 빠르게 숲을 빠져나갔다.

지금 그들이 있는 숲은 약간 미로와도 같았다. 허공에서 보지 않는 이상 한 번 길을 잘못 들게 되면 몇 번이고 헤맬 수도 있는 위험한 숲이기도 했다.

숲을 빠져나온 사고진은 들쳐 업었던 그녀를 땅에 내려 놓았다. 그리고 뒤를 돌아 그녀의 얼굴을 본 순간 그는 자신도 모르게 말문이 닫혀 버렸다.

그녀는 사고진의 등에서 내리고 그와 얼굴을 마주했을 때 인사를 건넸다.

"소녀를 구해 주셔서 정말 감사합니다. 소녀는 제갈린이라고 합니다. 소협의 성함은 어떻게 되시는지요?"

품에서 상자를 놓지 않은 채, 고개를 숙이며 인사를 하는 제갈린. 그녀는 제갈세가의 무남독녀였다. 천성이 착하기 때문에 제갈 식솔들은 모두 그녀를 어여삐 여겼다.

자신의 물음에 아무런 말도 하지 않고 있는 사고진을 제갈린은 이상하다는 표정으로 바라보았다.

두 눈은 이미 멍했고, 초점조차도 흐려지고 있었다. 이런 사내가 자신을 구출해서 이곳까지 왔다는 것조차도 의아할 정도였다.

지금 사고진의 상태는 말이 아니었다. 심장은 심하게

두방망이질을 치고 있었다. 이 정도의 거리를 달려왔다고 해서 요동을 칠 심장이 아니었다. 하물며 숲을 벗어났다고는 하지만, 날씨가 그렇게 화창한 것도 아니었다. 그런데 그녀의 등 뒤에서 후광이 비취는 착각에 빠질 정도였다.

'내가 왜 이러지?'

사고진은 도무지 알 수가 없었다. 몇 번이고 자신의 눈을 비비며 그녀를 다시 바라보았지만, 여전히 그녀는 알 수 없는 기분을 맛보게 해 주고 있었다.

그렇게 한참이 지나서야 그녀의 등 뒤에서 비추던 후광은 사라졌고, 그녀의 본래 얼굴을 볼 수가 있었다.

"아름답다……."

숲에서 생활하면서 사고진은 여성의 아름다움이 뭔지 알 수 없었다. 단지 숲의 정경이 아름다우며, 해가 뜰 때와 질 때가 아름답다는 것과 밤하늘의 별들이 반짝반짝 빛날 때마다 그것이 아름답다는 걸 알고 있었다.

그런데 대뜸 자신의 입에서 여자를 상대로 아름답다는 말이 흘러나왔으니, 어찌 정상이라고 생각할 수 있겠는가?

그런 사고진의 말에 얼굴을 붉히며 제갈린은 부끄러운 듯 고개를 숙였다.

"나는 사고진……."

"네……?"

사고진이 난데없이 자신의 이름을 밝혔다. 그것은 이미 그녀가 자신의 이름을 말하고 일각 정도의 시간이 지난 후에서야 상대방의 이름을 전해 들을 수가 있었던 것이다.

"그런데 저희 오라버니들은 어떻게 하죠? 그 복면인들의 실력이 만만치가 않아서……."

제갈린은 자신의 두 오라버니가 걱정되었다. 그들은 제갈선우의 형인 제갈선하의 두 아들이었다. 제갈린에게는 형제나 자매도 없었기 때문에 두 사람과는 언제나 자신의 친오라버니처럼 생활해 왔다.

그런 그들이었기에 혹시나 불미스러운 일이 일어나지 않을까 노심초사하고 있었던 것이다.

"하지만 어쩔 수 없잖아요? 또다시 그들을 찾으러 나서 봐야 곧 죽을 목숨밖에 되지 않으니까. 우리 사부님이 검을 든 자들은 조심해야 한다고 했어요."

이미 백연에게 검사들을 조심하라고 신신당부의 말을 들은 터라 사고진은 쉽게 그들을 찾아 나설 생각을 하지 않았다.

"그 상자가 중요해요? 아니면 그 오라버니들이 중요해요?"

"그, 그건……."

사실상 비교할 수 없는 말이다. 아무리 천고의 영약이라고 하나 그것이 사람의 목숨과 바꿀 수 있겠는가? 하지만 지금 그녀가 들고 있는 것은 지보탄부송! 제갈세가의 안위가 달린 문제였던 것이다.

"오라버니들이 무사하다면 반드시 세가로 돌아갈 것이니 너무 신경 쓰지 말아요. 그보다 우선 상처를 치료해야 하니 저희 장원으로 가요."

끄덕.

그녀는 두 눈에 눈물을 머금고는 사고진을 따라나섰다. 만약 사고진에게 다른 마음이 있었다면 진즉에 그녀에게 해를 끼쳤을 것이다. 그러나 사고진은 자신이 들고 있는 지보탄부송보다 그녀의 다리 상처를 더욱 신경 쓰고 있었던 것이다. 그 마음을 알기에 제갈린은 그를 따르게 되었다.

그녀의 걸음걸이에 문제가 있었기에 사고진은 그녀를 다시금 업었다. 그리고 장원을 향해서 즉시 달렸다.

그들이 사라진 숲 속에는 세 명의 인물이 자리하고 있었다. 그러나 그들의 분위기는 몹시 어두웠고, 복면인 중 하나가 숲이 울릴 정도로 큰 소리로 소리치고 있었다.

"이런 멍청한 놈! 눈앞에서 놓쳤단 말이냐!"

"죄송합니다. 어디선가 날아온 화살 때문에……."

"머저리 같은 놈! 아무리 그래도 지보탄부송을 코앞에 놔두고 다른 적을 상대하러 가? 네 녀석이 미치지 않고서야!"

"죽을죄를 졌습니다."

복면인은 두 눈에 핏기가 서려 있을 만큼 크게 분노하고 있었다.

"빌어먹을. 지보탄부송은 우리 문파에 큰 힘이 될 것이다. 그러니 반드시 그것을 손에 넣어야 해!"

그는 사라진 제갈린이 어디로 갔을지 미리 궁리해 둔 상태였다.

"산속에 이런 장원이?"

제갈린은 좀처럼 보기 힘든 광경을 목격하고 있었다. 넓디넓은 숲! 수많은 나무들이 빼곡히 서 있는 숲에 널찍한 공터가 하나 있었다. 그리고 공터 중앙에 아름다운 장원이 자리했다. 하지만 한 가지 흠이 있다면, 그러한 아름다워 장원과 주변 경관에도 불구하고 너무나 조용하다는 것이었다.

"사부님!"

사고진은 대문을 열고 들어서며 백연을 찾았다.

"그래, 수련은 끝났느냐?"

문이 열리지 않은 방에서 백연의 목소리가 들려왔다.

"손님이 기다리시는 것 같구나. 어서 모시거라."

그는 제갈린이 함께 왔다는 사실을 알고 있는 듯했고, 자신이 왔다는 사실을 눈치챈 것에 대해서 제갈린은 깜짝 놀라는 얼굴이 되었다.

"들어오세요."

문을 열며 말하는 사고진의 행동에 제갈린은 조금 불안한 마음이 들었지만, 어쩔 수 없이 방 안으로 들어섰다.

내부가 하얀 방. 그곳에는 백색의 머리와 흰 수염을 기른 노인이 앉아 있었다.

"허허? 발소리가 가볍다고 해서 혹시나 했는데…… 이 녀석의 첫 손님이 여자일 줄이야? 허허허."

백연은 재미있다는 웃음을 지었다.

그의 앞에 무릎을 꿇고 앉은 두 사람. 이내 제갈린이 백연에게 인사했다.

"제갈린이라고 합니다."

"제갈린? 그럼 제갈 성을 쓴다는 것인데……. 고진아, 너는 어떻게 생각하느냐?"

그녀의 이름을 들은 백연은 이미 그녀의 정체를 알고 있는 듯했다. 그리고 그동안 배운 것을 시험해 볼 겸 사고진에게 물었던 것이다.

"제갈린이라고 하면 제갈선우의 하나밖에 없는 무남독녀라고 알고 있으며, 무림에서 그녀는 무림삼미로 통하는 것으로 알고 있습니다. 또한 어린 나이에 맞지 않게 뛰어난 지식을 가지고 있지만, 무공을 사용할 수 없는 것으로 압니다."

 "허허…… 그래, 맞다."

 사고진이 입을 열자 그녀는 깜짝 놀라지 않을 수 없었다. 자신에 대해서 어떻게 이렇게 자세히 알 수 있단 말인가?

 그녀는 불현듯 불안감이 엄습해 왔고, 품에 안고 있는 상자를 강하게 쥐었다.

 "그런데 이곳까지는 어떻게 해서 오신 것이오?"

 제갈세가의 무남독녀라는 것을 알고 있기 때문에 그녀에게 바로 하대하지는 않았다. 그녀 역시 엄연히 무림에 존속하는 무림인 중 하나. 무공을 사용하지 못한다고 해서 그녀를 마구 하대할 수는 없었다.

 또한 배분으로는 백연 자신이 한참이나 위지만, 정파에서도 큰 세력에 속하는 제갈세가였기 때문에 쉽게 그녀를 대할 수는 없었다.

 "아버님이 편찮으셔서 약을 구해서 가는 길이었습니다."

 "허…… 그렇군. 혹시 가주께서 어디가 불편하시오?"

제갈선우가 아프다는 말에 백연이 의아함을 느끼고 물었다.

"얼마 전 무공 수련을 하시다 주화입마에 빠지셨습니다."

"헛! 저런! 주화입마를 당하다니. 그런데 주화입마에 당했을 때는 약보다는 의술로 행하는 것이 더 바람직한 행동이거늘…… 어찌해서 약으로 주화입마를 치료하려 한단 말이오?"

사실 그렇다. 주화입마란 수련을 하다가 내부의 기가 얽히고 그것이 곧 몸의 균형을 무너뜨리는 것이다. 그렇기 때문에 이러한 때에는 일반적인 약으로 치료를 하는 것보다는 의술을 통해서 다시 혈맥을 뚫어 주는 것이 가장 좋은 방법이었다.

"알고 있사옵니다. 하지만 이미 수많은 의원들이 왔다 갔으나 그 어느 분도 저희 아버님을 치료하지 못하였습니다. 그랬기에…… 이렇게……."

그녀는 말을 제대로 잇지 못했다. 그 이유는 더 이상 말을 하려면 지보탄부송의 이름까지 거론해야 했기 때문이다.

제갈선우가 주화입마에 빠진 후, 명인이라는 수많은 의원들이 세가를 왔다 갔으나 누구 하나 그를 치료하지 못했다. 그저 고개만 저으면서 그들이 돌아갈 때마다 제갈세가에서는 통곡이 울려 나올 뿐이었다.

"흠…… 그것은 그럼 천고의 영약이겠구려?"

"네? 그, 그것이……."

"허허, 걱정하지 마시오. 더 이상 묻지 않을 테니까. 그런데 이런 깊은 산중으로 그런 귀한 것을 혼자서 들고 가다니? 너무 위험하지 않소?"

이런 중요한 물건을 혼자서 들고 간다는 것은 말이 되지 않았다. 무림의 정보망은 상당히 넓다. 하물며 천고의 영약을 이런 무공도 할 줄 모르는 여인이 들고 간다는데, 그 누가 군침을 흘리지 않을 수 있겠는가?

"사실 저희 오라버니들과 함께 조용히 움직였으나…… 괴한들의 습격을 받아서……."

그녀는 눈물을 머금기 시작했다. 이야기를 하다 보니 그들의 안위가 걱정되었기 때문이다. 그때 사고진이 나서며 이야기를 계속했다.

"웬 복면을 쓴 괴한들이 소저에게서 상자를 뺏으려고 했었습니다. 그러다가 제가 겨우 탈출을 시킨 것이고요."

"그렇구나. 천만다행이로구나."

제갈린은 계속해서 눈물을 흘리고 있었다. 그런 그녀를 보면서 백연이 말했다.

"고진아, 가서 상처를 치료할 수 있는 약을 좀 가지고 오너라."

 그녀의 찢어진 옷 사이로 보이는 다리 상처를 보며 백연이 말했고, 사고진은 즉시 그 자리에서 일어나 약품통을 들고 왔다.
 사고진이 약품통을 열고 그곳에서 금창약을 꺼내 그녀의 다리에 바르려고 하자, 백연의 눈이 크게 뜨여졌다.
 "에헴! 흠흠!"
 백연이 난데없이 기침을 심하게 했지만, 사고진은 그의 얼굴조차 쳐다보지 않고 있었다.
 "험험! 고진아, 잠시 나 좀 보자꾸나."
 "예, 알겠습니다."
 그제야 금창약을 내려놓은 사고진이 백연을 따라나섰다. 눈물을 머금고 있던 제갈린은 두 사람이 나가고 나자, 금창약을 꺼내어 직접 다리에 바르기 시작했다.
 문을 열고 나선 백연은 사고진의 머리를 세게 쥐어박았다.
 "아얏! 왜 그러세요?"
 "이런 한심한 놈!"
 백연은 약간 얼굴이 붉게 상기되어 있었다. 아무래도 방금 전의 상황이 머릿속에 떠오른 것 같았다.
 "이 녀석아, 누가 아녀자의 다리를 그렇게 만지려고

한단 말이냐? 그것도 아직 처녀인 여인을 상대로 말이다."

"왜요? 그러면 안 돼요? 상처에 약을 대신 발라 주는데, 그걸 가지고 뭐라고 하는 사람이 어디 있겠어요?"

"쯧쯧. 남녀칠세부동석(男女七歲不同席)이라고 했다. 그러니 앞으로 그러한 것에 대해서는 조심스럽게 대해야 할 것이다."

"예……."

뭐가 뭔지 잘 모르는 사고진이었기에 백연의 말에 그냥 대답만 할 뿐이었다.

시간이 조금 흐르고 난 후, 백연은 다시 사고진과 함께 방으로 들어섰다. 이미 약품통은 닫혀 있었고, 금창약 역시도 보이지 않았다. 아마도 그녀가 스스로 약을 바른 듯했다.

"우선 오늘은 해가 저물었으니 이곳에서 좀 쉬다가 내일 출발하도록 하시오."

"알겠습니다. 이 은혜 정말 어떻게 갚아야 할지……."

"허허. 은혜는 무슨……. 감사의 인사는 저 녀석에게나 하시구랴. 고진아, 뭐하느냐? 어서 손님에게 방을 안내하지 않고?"

"예, 사부님. 저를 따라오세요."

사고진은 백연에게 인사를 하고, 많은 방 중에 그래도

정리 정돈이 잘 되어 있는 방의 문을 열고 들어섰다.

"이불은 제가 가져다드릴 테니 이곳에서 쉬도록 하세요."

"아…… 감사해요. 그리고…… 오늘 정말 고마웠습니다. 소협이 아니었다면 큰 봉변을 당할 뻔했습니다."

"하하. 뭐 그런 걸 가지고요. 그럼 쉬십시오."

이후 사고진은 이불과 저녁을 준비해 그녀에게 가져다주었고, 그들의 하루는 그렇게 흘러가는 듯했다.

"빌어먹을. 대체 뭐냐? 이 기분은?"

자신의 방에 누워서 천장을 쳐다보는 사고진. 시간이 한참이 지났음에도 깜깜한 방에서 그저 천장을 보며 잠도 제대로 이루지 못하고 있었다.

"눈만 감으면 왜 저 여자 생각이 나는 거야? 미치겠네."

그녀가 웃는 모습을 상상하거나 자신의 곁에서 담소를 나누는 상상을 하는 등, 사고진은 지금 제정신이 아닌 상태였다.

다음 날, 제갈린은 이미 일어난 상태였다. 그녀는 일찍 일어나서 상자를 챙기고 있었고, 그녀보다 더 일찍 일어난 사고진은 이미 식사를 준비하기에 이르렀다. 간단한 식사를 마친 후, 제갈린은 백연에게 말했다.

"한시가 급한 몸이라 이만 떠날까 합니다. 이 은혜 어떻게 갚아야 할지……."

"허허, 은혜라고 할 것이 무엇이 있겠소? 그나저나 여인의 몸으로 그런 귀한 것을 가지고 가게 된다면 필시 위험할 텐데……."

백연은 이러한 말을 하면서 사고진을 슬쩍 보았다. 그가 스스로 나서기를 기대하고 있었던 것이다.

사고진은 우물쭈물하는 모습만 보일 뿐 선뜻 입을 열진 못하고 있었다.

'그 녀석 밤새 마음고생이 심했던 모양이군?'

오랜 세월을 그와 함께 생활했기에 사고진이 하룻밤을 어떻게 지냈는지는 한눈에 간파하는 백연이었다.

'네 녀석의 마음고생을 내가 씻은 듯 없애 주마.'

백연은 살며시 미소를 짓고는 제갈린을 바라보며 물었다.

"우리 고진이와 함께 떠나는 것은 어떻겠소?"

"네? 그게 무슨 말씀이신지?"

난데없는 소리에 제갈린이 조금 놀란 듯 물었다.

"사실은 우리 고진이 역시도 무림으로 가야 할 일이 있다오. 그렇다 보니 이왕 가는 거 동행을 했으면 해서 하는 말이오. 그리고 저 녀석이 어느 정도 무공은 익히고 있으니, 충분히 제 몸 하나는 간수할 수 있을 것이오."

 사실 제갈린은 무공의 수위에 대해서 제대로 아는 바가 없다. 그렇다 보니 사고진의 실력이 어느 정도나 되는지도 모르는 것이다.

 "사, 사부님! 제 뜻도 없이 어떻게 그런 말씀을 하시는 겁니까?"

 "허? 이 녀석…… 그래서 지금 싫다는 것이냐?"

 사고진은 이에 제대로 대답을 하지 못했다. 왜인지 모르게 거부의 말을 할 수가 없었던 것이다. 그런 사고진을 보며 쐐기를 박기 위해서 백연이 다시 입을 열었다.

 "자고로 남자란 여자를 지켜야 하는 법이다. 하물며 이렇게 어려움에 처한 소저가 있는데, 네 녀석은 그런 소저를 모른 척할 셈인 것이냐?"

 "그런 게 아니오라…… 예! 알겠습니다. 사부님의 뜻대로 하겠습니다."

 사고진은 어쩔 수 없이(?) 승낙을 하고야 말았다. 이후 사부의 말대로 사고진은 떠날 채비를 서둘렀다. 백연이 그런 그를 따로 불러서 자신이 준비한 것을 내밀었다.

 "이것은 돈이다. 무림에 가면 필요할 것이다. 본디 무림은 강자가 법이라고 하지만, 가진 자 역시도 법이 될 수 있음을 명심하거라. 그리고 이걸 받거라."

백연은 자현궁을 사고진에게 내밀었다.

"이것은 어찌하여 주시는 것입니까?"

"허허, 그거야 약조하지 않았더냐?"

사고진은 자현궁을 손에 쥐었다. 지금까지 단 한 번도 자현궁을 당겨 본 일도 없었다. 그렇기 때문에 자현궁을 받은 소감은 이루 말로 표현할 수가 없었다.

"무림에 가게 되거든 반드시 강해져야 한다. 강자는 어딜 가든 인정받는 것이 무림! 그곳에서 강해지고, 너의 뜻을 펼쳐 보거라."

"제 뜻을요?"

"암!"

사고진은 이상한 눈으로 백연을 바라보았다. 그러고는 물었다.

"저기…… 제 뜻이 뭔가요?"

"으…… 응? 그, 그거야…… 제갈린을 돕는 것이 아니고 무엇이겠느냐?"

"아! 그렇군요?"

두 사람의 대화는 그렇게 끝이 났다. 그리고 인사를 끝으로 사고진과 제갈린은 장원을 떠났다.

"우리 고진이가 부디 잘되어야 할 텐데……."

해 준 것 없이 미안한 마음. 그것이 사부 백연의 마음이었다.

 두 사람은 장원을 떠나서도 제대로 말조차 섞지 않고 있었다. 그 이유는 아무래도 비슷한 연배이다 보니 무슨 말을 해야 할지를 몰랐기 때문이었다.
 더군다나 사고진의 경우는 여자와 단둘이 있어 본 적이 처음이기 때문에 제갈린보다 떨리는 것은 당연지사였다.
 그런 사고진의 모습을 보면서 먼저 입을 여는 제갈린이었다.
 "본의 아니게 수고를 끼치게 되었습니다. 정말 죄송합니다."
 "아, 아닙니다. 신경 쓰지 마세요. 어차피 당연히 해야 했던 일인걸요? 그리고 사부께서도 말씀하셨다시피 저는 무림으로 가야 할 몸이었습니다. 공교롭게도 일이 겹치게 된 것이니 너무 마음에 담아 두지 마세요."
 어쩐 일인지 사고진은 그녀를 향해서 말을 잘하고 있었다.
 "그런데 어디로 가셔야 하는지……."
 사고진은 그녀가 어디에 가야 하는지를 모르고 있었다.
 "제갈세가는 산동에 있습니다. 산동까지만 무사히 가

면 될 것입니다."

"산동이라……."

지금까지 사고진은 자신이 어디에 위치해 있었는지도 모르고 있었다. 그가 알고 있는 것은 백연을 따라오면서 그곳이 바로 청해라는 사실이었다. 그렇다 보니 그녀가 말하는 산동이라는 지역이 어디인지도 모르며, 얼마나 가야 하는지도 몰랐다.

"얼마나 걸리는지……?"

"청해에서 산동까지 가려면 말이 없는 상황에서는 도보로 족히 삼십여 일은 걸릴 거예요."

"에엑? 그렇게나 오래요?"

지금까지 그런 긴 여행을 해 본 적이 없는 사고진이다. 고작 해 봐야 산을 내려와서 마을에 소금을 사러 가는 것이 다였지 않았는가?

'휘유…… 대체 얼마나 멀기에 그러지?'

아직까지 세상 구경을 제대로 못해 본 그였기에 떨림 반 귀찮음 반으로 그녀를 따라나서고 있었다.

제갈린은 그와 동행하면서 한 가지 이상한 점을 발견했다. 보통 사내들 같지가 않았던 것이다.

보통의 사내들은 자신을 보면 먼저 말을 걸거나 이런저런 것을 묻곤 했다. 그런데 사고진의 경우는 그러한 것이 전혀 없었다. 한 번씩 자신을 쳐다는 보지만, 이내 고개를 돌리곤 했던 것이다.

"청해에서는 얼마나 생활했었나요?"

그녀의 질문에 사고진이 입을 열었다.

"한 십 년 정도 생활한 것 같은데요?"

"십 년이요? 고향은 아니신가 봐요?"

그의 나이를 짐작해서 제갈린이 물었다.

"예, 사부님을 만난 이후부터 이곳 청해에 있었으니까요."

"아…… 그러시군요……."

그 말 한 마디에 제갈린은 많은 것을 생각할 수 있었다. 그는 분명 사부를 만난 후, 이곳 청해로 왔다는 것이다. 그렇다는 것은 그가 고아일 가능성이 매우 높다고 볼 수 있다. 하물며 그 전에는 자신이 어디에 있었는지도 몰랐다는 것은, 그에게 무언가를 가르쳐 줄 사람이 없었다는 뜻도 되는 것이다.

'고아로 힘들게 살아온 사람이구나. 나와는 많은 면에서 다르고, 어쩌면 나보다 어른스러운 사람일 수도 있겠구나.'

때론 부모를 일찍 여읜 사람들이 철이 없다고들 하지만, 제갈린의 입장에서는 그런 것이 아니었다. 부모를 일찍 여읜 사람들은 누구보다 세상을 먼저 알뿐만 아니라, 어린 나이에도 많은 생각을 가지고 있었던 것이다.

"그런데 무공을 하시나 봐요?"

무림인이라면 모두가 좋아할 만한 이야기! 그것은 바로 무공에 관한 것이었다.

"예, 무공을 합니다."

그런데 어찌 된 일인지 그의 말은 매우 짧았다. 그런데 이어지는 말에 제갈린은 말문이 막히게 되었다.

"그딴 귀찮은 것 배우기 싫었는데, 사부님 땜에 할 수 없이 배우게 된 거예요. 처음 사부님이 화살을 쏠 때는 참 멋지다고 생각했었는데…… 괜히 그것에 덜미가 잡혀서 지금까지 사부님 밑에서 무공을 배웠던 거죠."

"아…… 네……."

그녀는 사고진이 보통 사람과는 다르다는 것을 알게 되었다.

'모든 이들은 대부분 무림을 동경하는데 이 사람은 대체 뭐하는 사람일까? 무공을 그저 귀찮은 것으로 치부해 버리다니. 다른 사람들은 무공을 배우고 싶어서 안달인데.'

그녀의 생각처럼 대부분의 사람들은 무공을 익히고 싶어 한다. 무림인이 아니라 할지라도 기회만 되면 무공을 배우고 싶어 하는 일반인들도 얼마든지 많았다.

하지만 무공을 배우기 위해서는 반드시 그 기회가 있어야 한다. 무턱대고 무공을 익힐 수는 없는 것이다. 시정잡배가 싸움질을 하는 것과 무인이 손을 펼치는 것은 엄청난 차이를 보이며, 이런 무공은 남자로서 가지게 되는 꿈과도 같은 것이었다.

사고진의 사고방식에 대해서 전혀 감을 잡지 못하던 그녀는 그와 함께 계속 길을 재촉했다. 산 중턱에 앉아 잠시 휴식을 취하면서 사고진은 싸 들고 온 주먹밥을 그녀에게 내밀었다.

"우선은 먹을 게 이것뿐이니 이거라도 드시고 마을에 가는 대로 요기를 하도록 하죠."

"네, 고마워요."

그녀 역시도 배가 출출했기 때문에 주먹밥을 받아 들었다.

부스럭~!

그런데 그때 그들의 등 뒤에서 이상한 소리가 들렸다. 사고진은 즉각 고개를 돌려서 소리의 정체를 확인했다.

그런데 거기에는 산짐승도 아닌 거지가 서 있었다.

찢어진 누더기 옷에 얼굴은 며칠간 씻지도 못했는지 꾀죄죄했고, 머리는 산발을 해서 얼굴조차 제대로 보기 힘들었다.

그런 그가 두 사람의 뒤편에서 나타나 둘을 향해서 달려왔다. 사고진은 급히 자리에서 일어나 그를 보았지만,

그에게서 살기를 느낄 수는 없었다.
 그는 즉각 달려들어 사고진이 가지고 있는 주먹밥을 낚아챘다.

第四章 화산행(華山行) - 정체 모를 거지와의 동행

우걱우걱!

거지는 숨도 쉬지 않고 주먹밥을 마구 먹기 시작했다.

"읍읍! 물물!"

그는 급기야 물을 달라고 자신의 가슴을 치기 시작했고, 이에 사고진이 물주머니를 내밀었다.

그에게서 별다른 위협을 느끼지 못했기에, 사고진은 그저 편하게 그를 바라보고 있을 뿐이었다.

얼마나 허기가 졌던 것일까? 그런 그의 모습에 제갈린 역시 자신이 먹고 있던 주먹밥을 그에게 내밀었고, 그는 인사조차도 하지 않고 그 주먹밥을 받더니 순식간에 먹어 치워 버렸다.

"꺼억~! 잘 먹었다."

그의 트림 소리에 제갈린은 인상을 찌푸렸으나 사고진

은 별다른 표정을 짓지 않았다.
"이거 정말 고맙네. 하마터면 산에서 굶어 죽을 뻔했지 뭔가?"
꽤나 나이가 연로한 사람의 목소리였다. 모양새가 이러하니 두 사람은 그의 나이조차도 짐작하지 못했던 것이다.
"그래, 어딜 그리 급하게 가시나?"
거지는 두 사람이 급하게 가는 것으로 보였던 모양이다.
"급하게 가는 것은 아니고 잠시 휴식을 취하고 있던 중이라……."
"허허~? 그랬던가?"
마치 자신이 주먹밥을 뺏어 먹은 것도 모르는 듯한 그의 대답에 사고진은 미소를 지을 수밖에 없었다.
"그래, 자네들은 어디로 가고 있는 겐가?"
그는 넉살도 좋게 그들의 식사를 몽땅 먹어 치운 것은 안중에도 없고, 그들의 목적지를 묻고 있었다.
"아, 예. 저희들은 산동으로 가고 있습니다."
"산동이라……. 그곳엔 어인 일로 가는고?"
거지의 말에 사고진은 제갈린을 바라보았다.
"제갈세가로 가는 중이에요."
제갈린의 대답에 거지는 고개를 끄덕였다.

"흠. 그럼 앞으로 나에게 식사만 대접해 준다면야, 내가 동행해 주기로 하겠네!"

이 무슨 망발인가? 주먹밥까지 뺏어 먹고는 거지는 도리어 밥을 대접받는다는 대가로 그들과 동행하려 하고 있었다.

"저기…… 그게 무슨 법인지……."

사고진은 도무지 지금의 상황이 정리가 되지 않았다.

"허허허, 걱정 말아라. 이래 봬도 너희들에게 짐은 되지 않을 테니까. 혹시나 다친 곳이 있으면 너희들을 치료해 줄 능력은 되느니라."

그는 그렇게 인사(?) 아닌 인사를 건네고는 두 사람의 여정에 함께했다. 너무나 뻔뻔스러운 일이 아닐 수 없었다.

하지만 두 사람 중 그 누구도 이에 대해서 불만을 가지는 사람은 없었다. 오히려 너무나 적막하던 분위기에 그가 있으니, 그래도 조금은 분위기가 살아나는 듯했다.

길을 걷던 중 거지가 코를 킁킁거리며 말했다.

"킁…… 이게 대체 무슨 냄새냐? 아주 향기롭구나?"

"예? 냄새라뇨? 전 아무 냄새도 나지 않는데?"

사고진은 혹시나 자신에게서 나는 것이 아닌가 싶어 옷의 냄새를 맡아 보기 시작했다.

그런데 거지의 얼굴이 제갈린에게로 돌아가는 것이 아

닌가?

"킁킁~! 이쪽에서 나는 것 같은데?"

자신을 향해서 코를 킁킁거리며 다가오는 거지를 바라보면서 제갈린은 자신도 모르게 뒤로 주춤거렸다.

"청아하지만 달콤하고…… 그 끝이 찌릿한 이 향기…… 이건? 지보탄부송?"

그는 단번에 제갈린이 들고 있는 상자의 지보탄부송을 냄새로만 알아맞혔다. 보통 사람에게는 감히 있을 수 없는 일이었다.

상자를 닫아 놓은 뚜껑에서 아주 미세한 향기를 맡을 수 있다니? 개코가 아니고서야 불가능한 일이었다.

그는 상자에서 눈을 떼지 못하고 있었다.

"이, 이게 정녕 지보탄부송이 맞는 것이냐?"

거지의 두 눈이 크게 흔들리고 있었다. 제갈린은 차마 대답을 하지 못하고 조금씩 뒤로 물러났다.

그런 제갈린의 걱정이 무엇인지 알았기 때문에 사고진이 앞으로 나서며 말했다.

"저기 어르신, 그것은 지보탄부송이 맞습니다. 하지만 소저가 아주 급하게 제갈세가로 가져가야 할 것입니다."

"허…… 그렇군……. 지보탄부송이 급하게 필요하면 역시 무공 증진의 도움인가?"

도리도리.

사고진은 고개를 가로젓고는 그에게 이야기를 해 주었다.

"현재 제갈세가의 가주께서 주화입마에 빠졌다고 합니다. 그렇기 때문에 지보탄부송이 아니면 회복하기가 힘들다고 하는군요."

"허…… 어쩌다가 주화입마에……. 하긴 보통 의술로는 주화입마를 절대로 치료할 수 없지. 그나저나 지보탄부송을 그런 주화입마의 치료 영약으로 쓰다니…… 안타까운지고."

거지는 마치 지보탄부송에 대해서 잘 아는 사람처럼 입을 놀렸다. 하지만 사고진은 그에 대해서 더 이상 묻지 않았다.

제갈린 역시도 더 이상 거지가 자신에게 다가오지 않자, 조금은 경계를 풀고 사고진의 곁에 달라붙었다.

"그런데 어르신은 뭘 하시는 분이신지요?"

사고진은 거지의 정체가 궁금해졌다.

"나 말이냐? 허허…… 바람 따라 구름 따라 떠돌아다니는 거지라고나 할까?"

"하하…… 그럼 혹시 그 말로만 듣던 개방의 일원이십니까?"

"개, 개방? 내가 그 정도로 보인단 말이냐?"

거지는 자신의 차림새를 다시 한 번 보더니 두 눈을 동

그렇게 떴다. 설마하니 자신이 정말로 거지처럼 보일 줄은 몰랐던 모양이다.

"허허…… 이것 참. 아무리 십칠 년을 중원의 산에서만 생활했다고는 하지만 내가 개방의 거지 취급을 당할 줄이야."

"그럼 개방의 일원은 아니신가 보군요?"

"네 이놈! 계속 말을 해도! 어떻게 나를 개방의 거지와 비교를 한단 말이냐? 이 몸에서 풍기는 분위기가 그 정도 밖에 되지 않는단 말이냐?"

거지는 자신을 개방 취급하는 사고진을 매섭게 노려보았다.

"그런 것이 아니라…… 그저 외형을 보고 말씀드린 것 뿐인데……."

"큼…… 뭐 그렇다면 별수 없다만."

거지는 자신의 모습을 훑어보고는 어쩔 수 없다는 듯이 한숨을 내쉬었다. 그러다 사고진을 한 번 바라보고는 물었다.

"그런데 아이야, 너 역시도 무공을 익히고 있구나?"

"예, 그렇습니다."

거지는 사고진의 모습을 세세히 관찰하기 시작했다.

"쯧쯧. 재능은 있으나 내공이 별로구나?"

"그걸 어떻게?"

그는 또다시 사고진의 상태를 보고는 바로 알아맞혀 버렸다. 백연이 누누이 걱정하던 것이 이것이 아니던가?
 재능만큼 내공이 뒷받침해 주지 못하는 사고진을 늘 불쌍하게 여겼던 것이다.
 "우선은 가 보자꾸나. 너희들이 가는 곳으로 말이다."
 점점 정체가 의심되는 거지. 그런 거지를 바라보면서 사고진은 알 수 없는 기분을 맛보았다.
 어떻게 보면 백연과 비슷한 느낌이 들기도 하지만, 거지에게선 신비감마저 감돌고 있었던 것이다.

 그들이 그렇게 오랜 시간을 걸어서 도착한 곳은 바로 서녕이었다. 서녕은 청해의 가장 중심부에 있는 도시로 수많은 유동 인구가 있는 장소였다.
 이런 장소에 처음 오게 된 사고진은 두 눈을 크게 뜨고 있었다. 설마하니 사람이 이렇게 많은 곳이 있을 줄은 꿈에도 몰랐던 것이다.
 "이 녀석아, 넌 처음 와 보냐?"
 끄덕끄덕.
 정신도 못 차리고 넋을 잃은 채 주변을 둘러보고 있는 사고진을 보면서 거지는 또다시 혀를 찼다.
 "쯧쯧. 이런 무림 초출내기와 함께 돌아다녀야 하다니, 앞날이 깜깜하구나."

거지는 그런 사고진보다는 능숙하게 돌아다녔다. 그가 가장 먼저 들른 곳은 객잔이었다.

객잔에는 많은 사람들이 있었다.

"아이야, 맛있는 음식과 술을 좀 시켜 보거라."

"예?"

"어허이? 너희들과 동행해 주면 식사는 대접해 주기로 하지 않았느냐? 그리고 술은 예의상 마셔 줘야 하는 게 사람 된 도리지! 암!"

그의 말에 사고진은 어쩔 수 없다는 듯 그들이 요기를 할 음식과 죽엽청을 한 병 시켰다.

객잔에는 많은 무인들이 자리하고 있었다. 그리고 그런 그들이 떠드는 소리가 들려왔다.

"이야기 들었나? 지보탄부송이 무림에 들어왔다는군?"

"지보탄부송? 그게 뭔가?"

"에헤이! 이런 무식한 사람! 지보탄부송은 천고의 영약으로 무인이 섭취하면 이 갑자의 내공을 안겨 주고, 다 죽어 가는 사람도 살린다고 하는 것이 바로 지보탄부송이 아니던가? 무림인이 되어서 그런 것도 모르나?"

지보탄부송이 거론되자, 제갈린이 깜짝 놀라면서 옆에 놔둔 상자를 집어 들었다.

"이야기에 따르면 제갈세가의 가주가 주화입마에 걸렸는데, 지금 제갈세가의 무남독녀인 제갈린이 그 지보탄부송을 가지고 제갈세가로 가고 있다고 하더군!"
 "그, 그게 사실인가?"
 "이 사람이 속고만 살았나? 이래 봬도 정보 하면 나 아닌가? 흑룡방보다 정보 면에서는 내가 더 빠를걸?"
 흑룡방!
 그곳은 무림에서 일어나는 정보를 취급하고, 그것을 가지고 돈을 벌어들이는 집단이다. 정보 면에서는 가히 최고라고 할 수 있는 집단이었다.
 그들의 이러한 말에 거지가 수군거리며 웃기 시작했다.
 "큭큭, 역시 무림에서 일어나는 일들은 객잔을 가 보면 다 알 수 있다더니, 이게 딱 그 짝이로구만?"
 그는 뭐가 그렇게 즐거운지 술을 들이켜며 비실비실 웃었다.
 객잔의 무림인들 중엔 그 이야기를 듣고 객잔을 떠나는 이들도 있었다.
 "이거 잘하면 무림에 한바탕 피바람이 불겠구먼그래?"
 "암! 그렇지? 지보탄부송 하나만 섭취하면 절정고수의 반열에 오를 수가 있는데, 누가 그냥 넘어가려고 하겠는가? 절대비급과 절대병기! 그리고 또 하나가 바로 영약이 아니던가? 이미 난다 긴다 하는 사람들은 혈안이 되어서 지보탄부송을 찾고 있을지도 모르네."
 "그럼 그 제갈린이라는 여자만 찾으면 되겠구만? 대체

어떻게 생겨 먹었다던가?"

"글쎄? 듣기로는 무림삼미 중 하나라고 들었네. 상당히 미인이라고 하더군? 그리고 상자 하나를 들고 다닌다고 들었네. 그게 내가 아는 전부네."

그는 그 말을 하고는 술을 한 잔 들이켰다. 그리고 그의 곁에 있던 한 사람이 사고진과 제갈린을 바라보면서 의혹의 눈빛으로 자신의 친구에게 물었다.

"이보게. 저쪽의 여자라면 무림삼미에 들어갈 정도로 아름답지 않은가? 그리고 상자도 들고 있고 말일세."

그 말에 술을 먹던 이가 두 사람을 바라보았다. 그리고 자신이 한 말과 제갈린의 모습이 조금은 일치한 듯싶자, 그의 눈빛이 달라졌다.

"케케케! 역시 술맛은 최고야!"

그런데 그때 거지 하나가 그들의 식탁에서 크게 웃으며 술을 퍼먹기 시작했다.

"에잉, 저건 아닌 것 같네. 제갈세가가 어떤 곳인데 무남독녀인 제갈린이 저런 거지와 술을 마시고 있겠는가?"

그는 고개를 돌려 버렸다.

"큭큭…… 봐라. 내가 함께하니까 그래도 도움 되는 게 있지?"

거지는 뭐가 그렇게 좋은지 계속해서 술을 마시면서 웃었다. 그들이 그러는 동안 지보탄부송에 대한 소문이 걷잡을 수 없이 퍼져 나가고 있다는 사실을 알지 못했다.

배를 채운 후 거지가 두 사람에게 물었다.
"그나저나 앞으로 어디의 경로를 통해서 갈 생각이냐? 만에 하나 너희들이 지보탄부송을 가지고 있다는 게 알려진다면, 무인들이 떼거지로 몰려들 것이다."
이에 제갈린은 생각해 둔 바가 있는 듯했다.
"섬서에 있는 화산으로 먼저 갈 생각입니다. 그곳에 가서 화산 장문인께 도움을 요청할 것입니다."
"화산이라…… 좋은 선택이군. 정파의 큰 기둥인 화산이라면 충분히 도움이 되겠지. 하지만 이것 하나는 명심해야 할 것이다. 예전의 화산이 아니다. 화산 역시도 부패할 만큼 부패해서 그들의 사리사욕만을 채우고 있으니까 말이야."
거지는 뭔가 안타까운 듯 술을 들이켰다.
"하지만 화산은 믿을 만해요. 저희 아버님과 화산의 장문인은 오래전부터 친분이 있는 사이시니, 반드시 저를 도와주실 거예요."
제갈세가의 가주인 제갈선우와 화산의 장문인은 오래전부터 친분이 있는 사이였다. 그렇다 보니 어릴 때부터 화산 장문인을 보아 온 제갈린으로서는 그를 매우 신뢰하고 있었다. 또한 정파의 기둥이라는 명칭 때문에 화산에 대한 불신을 가진다는 것은 어려운 상황이었다.

그들은 그렇게 섬서에 있는 화산으로 향했다. 산속을 벗어나 보지 못한 사고진으로서는 섬서의 모습은 대단하다고밖에 말할 수 없었다.

수많은 사람들이 거니는 모습과 수많은 객잔. 이를 보는 사고진의 두 눈은 동그랗게 변해 있었고, 제갈린은 이런 사고진의 모습을 귀여운 듯 바라보고 있었다.

화산파(華山派)!

구파일방 중 하나이며 또한 오악검파(五嶽劍派)의 수장으로 군림하고 있으며, 정파에서는 소림과 견주어 수뇌 역할을 담당하고 있기도 하다. 화산은 검공에 조예가 깊어 화산검파(華山劍派)라고 불리기도 하지만, 대부분은 화산파로 통일해서 부른다.

연화봉의 정상에 위치한 화산의 기개에 사고진은 약간 주눅이 드는 듯했다. 지금까지 이러한 경험을 해 본 적이 없는 사고진으로서도 화산의 이름이 허울이 아님을 알게 되었다.

제갈린은 화산의 정문에서 제갈세가의 패(牌)를 보여 주었다.

어느 문파나 세가마다 그들을 알리기 위한 명패가 존재한다. 그렇기 때문에 주요 인물들은 누구나 이런 패를 들고 다니는 것이 특징이다. 그래서 제갈린은 쉽게 정문을 통해서 화산으로 들어설 수 있었고, 이후 소식을 통해서 화산의 장문인과 만날 수 있었다.

"아니? 린이가 아니냐? 네가 여긴 어쩐 일이더냐?"

현재 무림에서 둘째가라면 서러워할 실력을 가진 화산의 장문인 장주윤. 그는 무림맹주로 있는 소림의 소자불승 단우와도 어깨를 나란히 할 정도의 실력자이다. 무인들의 말로는 단우 다음으로 그를 차기 무림맹주로 내세울 정도였다.

장주윤은 제갈린을 반갑게 맞이했다. 그러면서 약간 측은한 눈빛으로 말을 건넸다.

"제갈세가의 이야기는 들었다. 제갈선우가 주화입마에 빠졌다고. 친구가 되어서 한 번도 찾아보지 못한 것이 미안하구나."

"전혀 그렇게 생각하지 않습니다. 바쁜 일이 있다면 당연한 일이겠지요."

"네가 그렇게 말해 주니 고맙구나."

장주윤은 그래도 미안한지 제갈린을 똑바로 쳐다보지 못했다.

"화산에 들른 이유는 다름이 아니오라, 제가 제갈세가까지 가는데 호위를 부탁드릴 수 있을까 해서입니다."

"호위라고?"

장주윤은 난데없는 호위라는 말에 제갈린을 다시 한 번 바라보았다. 그러고는 그녀가 들고 있는 하나의 상자를 보았다.

이미 무림 전역에 그녀에 대한 소식이 퍼진 바 있었고, 그 역시도 소식을 접했다. 그렇다 보니 그녀가 들고 있는 것은 어쩌면 소문의 그것일지도 몰랐다.

"혹시…… 정말로 지보탄부송을 손에 넣었단 말이냐?"

장주윤은 약간 놀라는 어투로 그녀에게 물었고, 그녀는 묵언으로 고개를 끄덕였다.

"세상에…… 그런 천고의 영약이 제갈세가에 들어갈 줄이야! 아마도 이것은 하늘에서 선우에게 큰 복을 내리심일 것이다. 걱정 말거라! 네가 제갈세가까지 가는데 아무런 위협도 느껴지지 않을 정도의 호위를 해 주도록 하겠다."

그는 제갈린의 손을 꼭 붙잡으며 말했다. 그의 눈은 절실했다. 자신의 친한 친구가 위험에 처했고, 그의 딸의 손에 들린 영약만이 그를 살릴 수 있다는 것을 안 이상 그가 두 눈 감고 보고 있지만은 않을 것이었다.

"거기 누구 없느냐?"

장주윤은 누군가를 불렀다. 그리고 그에게 말했다.

"가서 해무겸을 불러오너라."

"해무겸!"

그의 이름을 듣고 제갈린은 놀라고 말았다.
 해무겸은 화산에서 매화검수라는 칭호를 가지고 있다. 젊은 화산파의 제자 중에서 무공과 인품이 뛰어난 제자를 매화검수라고 부른다. 매화검수는 화산에서뿐만 아니라, 전 무림에서 알아주는 유망주로서, 화산파 내에서의 총애를 독차지하게 되고 더 나아가 후에는 화산파의 장문인으로 등극하게 된다.
 그렇기 때문에 제갈린이 놀라는 것은 당연한 일인지도 모른다.
 자신을 제갈세가로 인도하기 위해서 화산에서 가장 촉망받는 매화검수 해무겸을 부를 줄은 몰랐던 것이다.
 매화검수 해무겸은 사고진 역시도 알고 있었다. 이미 자신의 사부로부터 공부한 것에는 무림의 후기지수에 관한 정보도 들어 있었기 때문이다.
 '매화검수라…… 얼마나 대단한 인물일까?'
 무인들이 대부분 대단하다는 것을 안다. 더군다나 이런 칭호까지 가지고 있는 매화검수라면 이루 말할 수 없을 만큼 대단한 위용을 뿜어낼 것이란 생각이 들었다.
 이내 해무겸이라는 자가 찾아왔다.
 "부르셨습니까."
 "그래, 왔느냐? 여기 와서 앉거라."
 해무겸은 목례를 하고는 모두가 있는 자리에 와서 앉

다.
 "인사하거라. 이쪽은 제갈세가의 무남독녀 제갈린이다."
 그 말을 들은 해무겸은 다시 자리에서 일어나 그녀를 바라보며 목례를 취했다.
 "해무겸이라고 합니다."
 "제갈린이라고 합니다."
 그녀와 인사를 나눈 해무겸은 그녀의 얼굴을 또렷이 바라보았다.
 "역시 소문대로 상당한 미인이시군요."
 "과찬이세요……."
 그녀는 약간 얼굴을 붉혔다. 해무겸은 이립(而立)의 아직 젊은 나이였다. 그렇다 보니 무림의 여성이라면 해무겸을 싫어할 리 없었다. 그의 성품과 무공, 그리고 준수한 외모까지.
 어느 것 하나 부족함이 없는 사내였던 것이다.
 "널 부른 것은 다름이 아니고, 제갈린을 제갈세가까지 안전하게 호위해야 하기 때문이다."
 "제가 말입니까? 무슨 일로?"
 "그것까지는 네가 알 필요 없다. 괜히 문파원 여러 명이 함께해 봐야 남들 시선만 차지할 뿐이니, 네가 몇 명 추려서 제갈린을 모시도록 하거라."

"알겠습니다."

장주윤은 해무겸에게 그녀의 호위를 지시했고, 이후 해무겸은 다른 세 명의 제자들과 함께 그녀를 제갈세가까지 데리고 가기로 결정했다.

그날은 화산파에서 그렇게 하루를 묵기로 결정이 되었다.

사고진과 거지는 같은 방을 사용하게 되었고, 목욕을 끝내고 온 거지가 너털웃음을 지으며 들어왔다.

"허허허, 오랜만에 목욕을 했더니 기분이 아주 상쾌하구만. 그나저나 술은 아직 안 들어왔더냐?"

"하하. 그렇지 않아도 여기 준비되어 있습니다."

화산 내에서는 음주가 엄연히 금지다. 하지만 손님을 대접할 때에는 이러한 술도 필요했기 때문에 약간은 준비를 해 두었다.

그리고 손님인 제갈린과 동행한 이들이었기 때문에 술상을 부탁하더라도 크게 어려움은 없었다.

"그래, 네 녀석은 이제 어떤 일이 벌어질 것 같으냐?"

"글쎄요? 아직 거기에 대해서 생각해 본 적은 없습니다."

술을 마시던 거지가 사고진을 향해서 물었다. 그러나 사고진은 앞으로에 대한 생각은 없었다. 단지 사부의 명대로 그녀를 무사히 제갈세가로 데려다 주기만 하면 되는 것이다. 그 이후에는 당연히 낙성문으로 향하면 되는 것이기에 앞으로의 일정에 대해 크게 생각을 해 둔 게 없었다.

"허허. 내가 볼 땐 네 녀석도 곱게 살 팔자는 못 될 듯 싶구나. 미리미리 대비를 해서 나쁠 것은 없지."

"그런가요? 그런데 할아버지는…… 어떻게 하실 생각이세요?"

솔직한 말로 자신보다는 거지의 입장이 더 걱정되는 것은 사실이지 않은가? 자기야 언제든지 낙성문으로 향하면 그만이지만, 거지야말로 누군가가 책임져 줄 사람이 필요한 시점이 아닌가 하는 생각이 들었다.

"글쎄다? 나야 뭐 바람 따라 구름 따라 떠돌아다니는 신세인데, 이 하늘 아래 내가 갈 곳이 없겠느냐?"

거지는 그저 만사태평하게 술만 들이켤 뿐이었다.

날이 밝고 사고진 일행은 해무겸이 이끄는 세 명의 화산 제자와 함께 산동으로 향했다.

지보탄부송을 운송한다는 것을 알고도 이렇게 적은 제자들을 이끌고 가는 이유는 다른 이들의 시선을 줄이기 위함이었다. 많은 수의 제자들이 함께 이동해 봐야 결국 무인들의 의심만 살뿐이다.

그러나 무림에서 일어나는 일들은 그 무리가 크건 작건

간에 모두의 귀에 진실이 들어가게 되어 있다는 것을 현재 그들은 알지 못했다.

"그나저나 소협은 궁을 사용하시나 봅니다?"

제갈린과 함께 있는 사고진에게 눈을 돌린 해무겸. 그는 사고진이 가지고 있는 큰 궁에 눈을 돌리고 있었다.

"네, 어릴 때부터 궁을 배워서요."

"그러시군요. 그래도 이왕이면 검을 배우시지 그러셨습니까."

"왜요?"

해무겸은 자신의 검을 한 손으로 들며 말했다.

"만병지왕은 검! 검이 최고의 병기가 아니고 무엇이겠습니까?"

해무겸은 자랑스럽다는 듯이 자신의 검을 바라보며 덧붙였다.

"이 검 이외에는 모두가 보잘것없는 병기일 뿐이지요."

그 말을 하는 그의 얼굴에는 약간의 비웃음이 섞여 있는 듯 보였다.

"최고의 병기라면 대체 어떤 것을 말하는 것입니까?"

그에 정확한 답을 얻기 위해서 사고진이 다시 해무겸에게 물었다.

"글쎄요? 아무래도 가장 활용도가 높은 것에 그 뜻이 있지 않겠습니까? 궁이야 뭐 짐승 잡을 때나 쓰는 것이고. 일반 병사들이 그저 전쟁에서나 쓰는 물건일 뿐이지요."

"그 말은 궁을 무시한다는 뜻인가요?"

"하하, 뭐 그렇게 들렸습니까? 궁을 무시하는 것은 아니니 오해 마십시오. 단지 검만이 최고라고 말한 것뿐입니다. 하하하하!"

나이도 이제 약관 정도에 불과한 사고진에게 해무겸은 검이 최고라고 말하고 있었다. 사실 그는 화산에 입문할 때부터 검 이외의 병기를 사용하는 자들을 무시해 왔다.

그런데 오늘 그런 병기 중에서도 자신이 가장 하수로 꼽는 궁을 지닌 사고진을 만났으니 오죽하겠는가? 더군다나 상대방은 연배에서부터 자신과 많은 차이를 보이고 있었기 때문에 속 시원하게 사고진을 무시하는 것이나 다름이 없었다.

그런 상황에서 사고진이 입을 열었다.

"따지고 보면 병기란 자신을 지키기보다는 상대방을 죽이기 위한 것이 아닌가요?"

"뭐…… 넓은 범위에서 보면 그렇지요?"

"그렇다면 검은 최고가 될 수 없겠군요."

해무겸은 눈을 부릅뜨며 사고진의 얼굴을 바라보았다. 검이 최고가 될 수 없다는 말에 약간 울컥했기 때문이다.

"검은 사람을 살리는 병기라고 들었습니다. 물론 그것으로 자신을 지키고 때로는 의를 행하면서 다른 이들을 살리는 것이지요. 하지만 궁은 오로지 살상만을 위해서 존재합니다. 누군가를 살리기 위한 것은 애초에 없었을 뿐더러, 태초부터 궁은 살생을 위해서 만들어진 것이니까요. 그런 의미에서 보면 가장 강한 병기는 궁이겠지요."

"크큭. 어리니까 머리에 든 게 없군."

그때 화산의 제자 하나가 입을 열었고, 그 말을 들은 사고진이 그를 보며 물었다.

"뭐라고 하셨습니까?"

"하하, 아닙니다. 그저 입방정인 녀석이라……."

해무겸은 넉살좋게 웃으며 말했지만, 그 순간 사고진을 차갑게 노려보고 있었다.

'궁이 최고라고? 크큭. 언젠가 네 녀석에게 검의 차가운 맛을 보여 주마.'

해무겸은 사고진을 상대로 적대감을 품기 시작했다. 아무리 어리다고 한들 검을 무시한 이상 사고진에게 좋은 마음을 가지고 있기란 쉽지가 않았다. 사고진에게서 화산이 무시 받은 듯한 착각을 느꼈기 때문이다.

화산은 정파의 기둥이며 무림의 검이라고도 말한다. 그렇게 검에 있어서 절대적인 생각을 품고 있는 해무겸이었다.

'궁이…… 이렇게나 천대를 받는 병기였던가?'

사고진은 화산 제자들의 말에 자현궁의 감촉을 느껴 보기 시작했다.

다른 것은 상관없다. 그렇지만 궁이 무시당하는 기분을 맛본 순간 속에서 무엇인가가 타오르는 느낌을 강하게 받았다.

그의 인생에서 궁을 빼 버린다면 그는 아무것도 아닌 인생이 되어 버리는 것이다.

자신의 아버지는 사냥꾼이었고, 아버지가 돌아가신 후 그가 스스로 생계를 유지하던 방법도 궁을 이용한 사냥이었다. 그러다가 만난 것이 바로 뇌격궁 백연이다. 그의 제자가 되어서 또 다른 궁의 세계에 들어선 사고진.

그런 그에게 과연 궁을 빼면 무엇이 남겠는가?

'궁이 최고라는 것을 내가 입증해 보이겠다! 그 누구도 무시하지 못할 궁의 힘을 모두가 일깨우게 해 주마!'

그것이 시작이었다. 사고진이 무림에서 뜻을 세우기로 한 것이.

* * *

"그것이 사실이냐? 해무겸이 동행을 한다고?"
"예! 화산의 제자 세 명과 함께 해무겸이 제갈린을 산동까지 호위한다고 합니다."

 객잔에서 술을 기울이고 있는 다섯 명의 인물 중 하나가 조심스럽게 입을 열었다. 그들은 식사를 하면서 그의 이야기에 귀를 기울이고 있었고, 술잔을 내려놓은 이가 말했다.

 "오히려 잘됐는지도 모르겠군. 화산에서 많은 제자가 함께하지 않는다면 우리들에게 도움이 되는 것인지도 모르지. 문제는 해무겸인데…… 해무겸은 내가 상대해 보겠다. 그렇지 않아도 녀석과는 언제 한 번 반드시 대결을 해 보고 싶었으니까."

 그들은 얼마 지나지 않아서 객잔을 나섰다.

 그들이 객잔을 나선 후, 많은 수의 무인들이 객잔을 나서는 모습이 하나둘 보이기 시작했다.

 그들 모두가 노리는 것은 바로 지보탄부송!

 지보탄부송의 소문이 일파만파 퍼져 나가면서 너 나 할 것 없이 모두가 지보탄부송을 노리기 시작한 것이다.

 그것 하나만 있다면 무림에서 절정고수의 반열에 오를지도 모른다.

 절정고수가 어떤 자리던가? 모든 무림인들이 꿈꾸는 자리이기도 하며, 무림에서 몇 손가락 안에 들어가는 실력자가 된다는 소리이기도 하다.

 무인에게 있어서 강함이란 절대적인 것! 그것 하나를

얻기 위한 일인데, 어찌 모두가 손발 붙이고 있을 수 있겠는가?

그렇게 지보탄부송에 의한 차가운 바람이 불기 시작했다.

     *   *   *

해무겸은 제갈린과 일체 말을 하지 않았다. 간혹 그녀가 들고 있는 상자에 눈을 돌리긴 했지만, 그녀와 말을 붙이는 일은 없었다.

그런 점에서 제갈린은 약간 섭섭함을 느꼈다. 대부분의 모든 남자들은 그녀에게 먼저 말을 붙이곤 했다. 그런데 해무겸의 경우는 자신에게 눈길조차 제대로 주고 있지 않았다. 그리고 그러한 점이 그녀의 마음을 더욱 사로잡았다.

남자다운 강직함과 우직함! 그것을 자신도 모르게 느끼고 있었다.

그에 반해 사고진에게서는 또 다른 느낌을 맛볼 수 있었다. 순수함과 깨끗함, 그리고 자신을 생각해 주는 마음.

제갈린 역시 여인이다 보니 이런 남자들의 특이함에 신경이 쓰이지 않는 것은 아니었다. 그러다 문득 이상함을 느끼고 해무겸에게 물었다.

"그런데 왜 이쪽으로 가시나요? 산동으로 가기 위해서는 좀 더 넓은 길이 있는데?"

그녀의 말을 들은 해무겸이 답했다.

"하하. 걱정하지 마십시오. 이쪽 길로 가는 것이 제갈세가로 가는 지름길입니다."

"지름길이요? 하지만 지금 저희 입장에서는 안전을 고려해야 할 텐데……."

자신의 손에 들린 상자를 강하게 쥐며 그녀가 말했고, 해무겸은 빙긋 미소를 지었다.

"이미 그 점에 대해서도 잘 알고 있습니다. 많은 무인들이 그 상자에 대한 소식을 들었을 테고요. 더군다나 한둘이 노리고 있는 것이 아닐 겁니다. 그렇다고 보면 당연히 저희들의 행로가 발각되었을 테고, 매복을 하고 있을 장소야 뻔한 것이지요. 그래서 지금 이렇게 지름길로 가고 있는 것입니다. 그리고 한 가지 염려하지 않아도 될 것은 제가 바로 매화검수 해무겸입니다. 어떠한 상대가 나타나더라도 지켜 드릴 테니 걱정하지 마십시오."

그녀는 그 말을 듣고 얼굴이 풀렸다. 자신 역시도 많은 생각을 하고 있었지만, 호위로서 해무겸은 더 깊은 생각을 하고 있었던 것이다.

비록 짧은 생을 살았지만, 그래도 무인들에 대해서 배

운 것이 많다고 생각했던 제갈린이다. 그러나 이런 일에 대해서는 자신보다 해무겸이 한 수 위일 것은 분명했다. 그렇기 때문에 이런 점에서 본다면 해무겸을 의심할 여지가 없는 것이다.

'그래. 저분을 믿어 보자. 화산의 매화검수인데, 다른 마음이야 품지 않겠지. 아버님, 기다리세요. 제가 지보탄 부송을 들고 지금 갑니다.'

제갈린은 병석에 누워 있을 제갈선우를 생각하며 눈시울을 붉혔다.

그렇게 대략 오 일을 걸어서 석가장을 지나 산에 당도했다.

"누구냐?"

해무겸이 걸음을 멈추고 앞을 바라보며 말했다. 화산의 제자들은 해무겸의 말에 즉각 검을 빼 들었고, 제갈린과 사고진, 그리고 거지는 약간 떨어진 곳에서 해무겸이 바라보는 방향을 주시했다.

그곳에서 나온 인물들은 모두가 병기를 들고 있었지만, 얼굴을 가리거나 하지는 않았다.

"크크, 녹림이냐?"

해무겸은 자신의 앞에 있는 이들 모두가 시정잡배 집단으로 보였다. 뭐 하나 제대로 갖춰진 것도 없었을 뿐만 아니라, 지니고 있는 병기 또한 투박하기 그지없었기 때문이다.

  일반 문파에서 생활하고 있는 이들이 아님을 금방 직감할 수 있었다.

  "흥! 네 녀석이 뭐라고 해도 상관없다. 우린 그저 지보탄부송을 원할 뿐이다. 당장 지보탄부송을 내놓아라!"

  그들은 대략 이십여 명으로 구성되어 있었다. 수적으로 우세하다는 것을 알고 있는 듯 해무겸에게 강하게 말하고 있었다.

  "이거이거…… 정보를 들으려면 좀 제대로 듣지. 나 해무겸을 상대로 고작 떨거지들 이십여 명이서 뭘 어쩌겠다고?"

  "해, 해무겸?"

  그들은 녹림이 아니다. 무림에서 고작 삼류나 이류에 속하는 무인일 뿐이었다. 그렇다 보니 정보 하나를 듣더라도 확실한 정보가 없었다. 그저 지보탄부송의 소식 하나만 듣고 모두가 이렇게 뭉쳤던 것이다.

  그런 그들은 지보탄부송을 섭취할 생각은 아예 꿈도 꾸지 않았다. 그저 그 엄청난 지보탄부송을 손에 넣어 팔아서 엄청난 부를 거머쥘 생각뿐이었다.

  그런 상황에서 그들은 해무겸의 이름을 들었다.

  화산의 매화검수 해무겸!

  삼류무인이라 할지라도 이 이름을 모를 리가 없었다.

후에 화산의 장문인이 될 수도 있는 실력자인 데다가, 먼 훗날에는 무림맹주가 될지도 모르는 큰 인물인 것이다.

그런 이가 앞에 있다는 생각에 그들은 당당하게 나오던 자신감도 감쪽같이 사라지고 말았다. 하지만 그들의 가장 선두에 서 있던 자가 큰 목소리로 입을 열었다.

"겁먹을 것 없어! 소문은 항상 과장되기 마련이다! 네 깟 녀석이 아무리 강하다고 한들 우리 이십여 명을 상대할 수나 있을 것 같으냐?"

"큭큭. 고작 떨거지들 몇 명 모였다고 해서 내가 손이나 쓸 것 같으냐?"

해무겸의 이러한 말에 화산의 제자 세 명이 앞으로 나섰다.

"대사형, 저희들에게 맡기시지요."

"그래. 너희들이 알아서 실력 발휘 좀 해 보거라. 간혹 검에 피칠 좀 해 줘야지. 검이 녹슬면 안 되니까 말이야."

그 말을 듣고 있던 제갈린은 깜짝 놀랐다.

'어떻게 매화검수나 되는 자의 입에서 저런 잔인한 말이 나온단 말인가?'

매화검수는 실력만 높다고 해서 되는 것은 아니었다. 그만큼의 인격도 있어야만 매화검수의 자리에 오를 수 있는 것인데, 제갈린이 보는 해무겸은 전혀 그렇지가 못했다.

해무겸의 앞으로 나온 이들. 그들은 해무겸과 사제지간이다. 해무겸 정도의 실력은 아닐지라도 화산에서는 꽤나 실력이 출중한 이들이었다. 이들 세 명 모두가 일류무인의 반열에 들어섰다. 지금 저들 이십여 명이라 할지라도 이들에게 상대가 될 수는 없었다.

사사삭~!

화산 제자들이 빠르게 그들을 향해서 달려갔다. 그리고 검을 뽑았다.

지금까지 상대해 보지 못한 빠른 검에 오합지졸로 당하기 시작하는 그들. 그들은 한 번의 검에 한 명씩 목숨이 떨어져 나갈 지경이었다.

상황은 순식간에 정리되었다.

그 장면을 유심히 지켜보고 있는 사고진. 그는 검의 움직임에 대해서 세밀히 관찰하기 시작했다. 자신의 사부와 수련을 통해서 많은 연습을 해 보았지만, 검의 위력이 확실히 다름을 느낄 수 있었다.

초식부터 시작해서 위력까지! 그 어느 것 하나 자신의 사부가 무작위로 휘두르던 검과는 비교가 되지 않았다.

'상당하다. 이 정도로 변화가 심하다니? 궁과는 비교도 할 수 없구나.'

궁은 한 번 시위를 떠나면 더 이상 조종이 불가능하다. 하지만 검은 그렇지가 않다. 언제나 자신의 손과 팔에 의해서 놀아나기 때문에 그 변화는 끝이 없는 것이다.

'한 번이다! 궁은 한 번에 모든 사활을 걸어야 한다. 그렇게 되기 위해서는 더욱 실력을 키워야 해!'

무엇이 궁을 약하게 만드는지 알 것 같았다. 사고진은 그렇게 궁의 단점을 하나하나 깨우쳐 가고 있었다.

그들은 많은 수의 적들과 마주해야만 했다. 어디서 들은 것인지 도적 떼가 하나둘 나타났다. 그 수만 해도 무려 오십 이상이 되었고, 그때마다 사고진은 해무겸의 실력에 감탄을 해야만 했다.

'지금은 내가 절대적으로 상대가 되지 않는 자다. 말뿐이 아니라, 그의 실력 자체가 대단하다.'

사람이란 누구나 이면의 모습을 지닌다. 실력이 없으면서도 허황된 과장을 하는 사람이 있는가 하면, 말도 많지만 그 실력 또한 뒷받침되어 주는 사람이 있다. 해무겸이 딱 후자에 속했던 것이다.

해무겸이 주로 사용하는 검은 화산의 무극태을검(無極太乙劍)이었다. 이 무극태을검은 강하기로 소문이 났으며, 화산 내에서도 수제자들에게만 전수되는 검이다. 그렇기 때문에 무극태을검을 사용할 수 있는 화산의 인물이라면 그것은 허명이 아니라는 소리가 된다. 또한 정교하면서도 위력이 강한 검이기 때문에, 웬만한 무공으로는 무극태을검을 상대할 수가 없었다.

　무극태을검은 강하기도 하지만 많은 변화를 내포하고 있다. 그렇다 보니 접근전에서는 사고진이 절대로 해무겸을 상대할 수가 없는 것이다.

　그 역시도 궁술을 익힌 바가 있지만, 아직 실전에서 제대로 시도해 본 적이 없었다. 하지만 한눈에도 자신과 그가 얼마나 실력 차이가 나는지 알 수 있었다.

　"쳇, 먼지만 묻는군."

　해무겸은 자신의 옷을 털며 짜증 섞인 표정을 지었다. 아무래도 그럴 것이다. 솔직히 산동까지 가는 데에는 긴 시간이 걸리지 않는다. 그런데 그런 짧은 시간 안에 제대로 된 실력자도 아닌, 그저 시정잡배들의 공격을 받고 있노라니 짜증이 날 수밖에 없었던 것이다.

　'빌어먹을······.'

　해무겸은 제갈린의 손에 든 상자를 바라보며 이채를 빛냈다.

　'오히려 잘됐는지도 모르지. 많은 녀석들이 몰려들수록 상황은 쉽게 정리가 되어 갈 테니까.'

　그가 노리는 것은 제갈린을 제갈세가까지 안전하게 데리고 가는 것이 아니었다. 그의 목적 역시도 지보탄부송이었다. 그가 이런 지름길을 택한 이유는 인적이 너무나 드물기 때문이었는데, 어떻게 된 일인지 더 많은 적들이 자신들을 가로막고 있었다.

'이런 녀석들 말고 좀 더 강한 녀석들이 나타나야 계획이 실행될 텐데······. 어차피 저 거지와 궁을 든 녀석은 별것도 아닌 것 같으니 신경을 쓸 필요는 없겠군.'

많은 습격을 받으면서도 해무겸은 유심히 사고진의 능력을 살폈다. 하지만 그에게서 별다른 능력을 발견할 수는 없었다. 그리고 그가 무공을 익힌 것은 알았지만, 궁으로 무공을 사용해 봐야 시답잖은 무공일 뿐이라고만 여겼다.

그리고 그의 곁에 항상 붙어 있는 거지를 보았으나, 거지는 무인이라고 볼 수는 없었다. 무공을 익힌 흔적도 발견할 수 없었기 때문이다.

"허허. 산동으로 가까이 다가갈수록 더 많은 적들이 몰려드는군. 이제는 고진이 네 녀석도 나설 때가 된 것 같구나?"

"예? 제가 나선다고 뭐 별수 있겠습니까? 제가 나서 봐야 상황이 그만큼 힘들다는 소리밖에 되지 않고요. 어차피 저 해무겸 대협만 있더라도 충분히 상황 정리가 될 듯싶군요. 그리고 다른 제자 분들 역시도 실력이 아주 출중하고요."

그 말을 들은 것인지 해무겸이 입을 열었다.

"맞소. 어차피 궁을 들고 뒤에서 설쳐 봐야 우리들에게 방해만 될 뿐이니 걱정 마시오. 우리들만으로도 소규모 문파 정도의 인원이라도 충분하니까 말이오."

그는 자신의 실력에 매우 자신감을 가지고 있었다. 어느 한 문파의 장문인이라도 소규모 문파를 상대로 이러한 말은 할 수 없었다.

"허허. 대단한 자부심이구만?"

거지는 해무겸을 바라보며 물었다. 그런 거지의 모습을 본 해무겸은 약간 인상을 찌푸렸다.

"흥, 자부심은 무슨……. 잘났으니 그런 것이지."

그런 해무겸의 말을 듣고 거지는 약간 인상을 찌푸렸다.

'젊은 친구가 심성이 바르지가 못하군. 저런 사람이 매화검수라니. 아무리 강인한 인물이 문파를 이끌어 간다고 하지만 저런 성품으로 과연 화산을 제대로 이끌어 갈 수 있을지가 걱정이군.'

차마 입 밖으로 내지는 못했다. 해무겸의 성격상 그에게 어떠한 해를 가할지도 모르는 일이기 때문이다.

지금 해무겸 일행은 사고진이나 자신을 매우 거추장스럽게 생각하고 있었다. 단지 제갈린의 일행이기 때문에 그에 대해서 별다른 말은 하지 않고 있었지만, 그들의 눈빛이 썩 좋지도 않았다. 그리고 화산을 떠난 이후, 해무겸 이외의 제자들은 사고진이나 거지에게 단 한 차례도 말을 걸지 않았다.

"이런…… 쯧쯧. 술이 떨어졌군? 싸움 구경에는 술이 제격인데 말이야. 에잉~!"

거지는 술통을 털며 안타까운 듯 입맛을 다셨다. 그런 거지의 모습을 보던 제갈린이 웃으며 말했다.

"세가까지만 가게 되면 원하는 만큼 술을 드릴 테니 걱정하지 마세요."

"허허~? 이거 뭐 내가 한 것도 없는데 이렇게 넙죽넙죽 받아먹어도 되는 것인지? 허허허."

사실 거지는 아무것도 한 것이 없었다. 오히려 그가 동행하면서 여비가 더 들고 입이 하나 늘어나면서 폐만 끼치고 있었다.

"그런 말씀 하지 마십시오. 세상을 오래 산만큼 그만큼의 대우는 받으실 필요가 있는 겁니다. 뭐 물론 나이를 똥구멍으로 먹는 사람들도 있겠지만요."

"큭큭. 내가 그 똥구멍이 아닌 게 다행이구만?"

거지는 뭐가 그렇게 좋은지 사고진을 바라보며 웃었다. 사고진 역시도 처음부터 거지의 인상이 좋았던 것은 아니다.

하지만 그에게서 악의를 느낄 수가 없었다. 그저 자신들과 함께 다니며 웃는 것이 전부였기 때문에 그가 크게 싫거나 하진 않았다.

그리고 그날 밤 사고진에게 거지가 다가왔다.
"오늘 새벽부터는 조심해야 할지도 모르겠구나."
"네? 그게 무슨 말씀이신지?"
난데없는 거지의 말에 사고진이 의아한 듯 물었다.
"지금까지는 그저 시정잡배들이나 이류무인에도 속하지 못하는 녀석들이 판을 쳤지만, 이제부터는 다를 게다. 앞으로 하루 정도만 간다면 산동에 도착하게 되겠지. 그렇다면 반드시 강한 녀석들이 들이닥칠 게다. 그때는 목숨을 보장받지 못할지도 모른다."

그의 말을 듣고 보니 그랬다. 무인이라면 누구나 욕심낼 만한 지보탄부송! 그리고 화산에서 매화검수 해무검이 호위를 하고 있다는 것을 알고서도 그저 이류무인들만 들끓었다면? 이제 앞으로 남은 것은 고수들이라는 소리밖에 되지 않는다.

"오늘은 푹 쉬거라. 아마 오늘 밤까지는 습격해 오지 않을 것이다. 인적이 가장 뜸한 새벽이나 아침 일찍 습격해 올 것이다."

거지의 말을 듣고 있던 사고진은 그를 유심히 바라보며 물었다.

"할아버지, 근데 할아버지도 무림인이세요? 그럴 거라는 걸 어떻게 그렇게 잘 아세요?"

"허허? 이 녀석아, 객잔 개 삼 개월이면 죽엽청 한 병도 거뜬하다고 했다. 그런데 무림에서 오랫동안 거지 생활을 해 온 내가 그런 것 하나 제대로 모르겠느냐?"

"아…… 뭐 그렇다면 어쩔 수 없고요. 만약 내일 습격을 받게 되면 할아버지는 어떻게 하실 생각이세요?"

사고진의 말에 거지는 하늘을 올려다보았다. 그러고는 살며시 미소를 지었다.

"다 늙은 나이다. 이것저것 해 볼 수 있는 것들은 다 해 봤다. 그러니 내일 당장 죽는다고 해서 무엇이 아쉽겠느냐? 다만 한 가지 아쉬운 게 있다면, 천상몽환주(天上夢歡酒)를 못 먹어 본 것이 너무나 아쉽구나."

"그게 무엇인가요?"

"천상몽환주란 나 같은 술 애호가들에게는 꿈같은 술이란다."

천상몽환주! 그것은 희대에 보기 힘든 술을 말한다. 술을 만드는 비법도 전해지지 않았을뿐더러, 누가 만들었는지도 모른다. 천상몽환주는 무인이 한 병을 마시게 되면 반 갑자에 달하는 내공을 얻게 되며, 일반인이 마시게 되면 몸이 튼튼해지고 머리가 맑아지는 효과를 맛보게 된다. 천상몽환주 자체가 어떻게 생겼는지 아는 사람은 없었다. 단지 그러한 술이 전해져 내려온다는 것만 알고 있을 뿐이었다.

"천상몽환주를 먹으면 천상에서 춤을 추는 느낌을 받

는다더구나. 언제 한번 기회가 되면 반드시 먹어 보고 싶구나."

"그렇군요. 언젠가 저에게 천상몽환주가 들어온다면 할아버지께 그 술을 대접해 드릴게요."

"허허~! 생각만으로도 고맙구나. 늦었으니 자자꾸나."

그 말 한마디가 고마운 것인지 거지는 잠을 자면서도 미소를 짓고 있었다.

第五章 만왕약선(萬王藥仙) - 천상회의 그림자

그날 새벽, 사고진은 인기척에 눈을 떴다. 이미 해무겸과 화산의 제자들은 자리에서 일어나 검을 들고 있었다.
 제갈린과 거지는 아직까지도 꿈나라인 듯했다. 사태를 눈치챈 사고진이 두 사람을 깨웠다.
 "일어나요. 그리고 조용히 해요. 아무래도 누군가 우리를 노리고 있는 듯해요."
 사고진은 제갈린을 조용히 깨웠고, 그 소리를 들은 제갈린은 급히 상자를 품에 안았다. 거지는 눈을 비비며 일어나서 주변의 상황을 지켜보기 시작했다.
 "빌어먹을. 대체 몇 놈인지 정확하게 알 수가 없군."
 주변에 인기척이 느껴지기 시작했지만, 정확한 수를 헤아릴 수가 없었다. 사고진은 자현궁을 집어 들고는 화살을 시위에 올려놓았다.

그가 화살을 자현궁의 시위에 올려놓자, 화살이 점차 밝은 빛을 뿜어내기 시작했다. 그것은 늦은 새벽 주변을 밝히기에 충분한 빛을 뿜어냈다.

"비연시!"

투확~!

사고진의 시위에서 화살이 쏘아져 갔고, 그 화살은 적들이 숨어 있는 나무 사이에 박혔다. 그러자 주변이 밝게 빛나면서 주변에 있는 적들의 모습이 눈에 들어왔다.

그들은 모두 복면을 쓰고 있었고, 최소 십여 명 이상은 되어 보였다.

"큭. 복면인? 이거 실력이 있는 자들이겠군?"

복면을 하지 않은 자와 복면을 한 자. 그것은 그들의 실력이 확실하게 다름을 인지시켜 주는 모습인데, 복면인들은 대부분 무림에서 이름이 알려진 문파이거나 무인들이었다. 그렇기 때문에 자신들이 이렇게 파렴치한 행동을 하는 것에 대한 모습을 숨기기 위해서 복면을 하는 것이었다.

그것을 알고 있는 해무겸이었기에 빠르게 기를 끌어올렸다.

스스스~!

그의 검에서 하얀빛이 흘러나왔다.

"저 정도의 검기라니? 각별히 조심하라!"

"옛!"

해무겸의 경우 아직 절정고수는 되지 못했다. 하지만 일류무인으로서는 능히 최고라고 할 수 있는 실력을 지니고 있었기 때문에 검기라 하더라도 절대 만만하게 볼 수 있는 것이 아니었다.

그것을 아는 복면인들은 극도로 긴장했다. 매화검수라는 해무겸의 실력을 잘 알기 때문에 섣불리 달려들지를 못하고 있었다.

"너희들은 여기서 소저를 보호해라. 녀석들은 내가 맡겠다."

"네! 대사형!"

해무겸은 사제들의 안위가 걱정되었다. 그들의 실력으로는 어쩌면 복면인들 모두를 상대하는 것은 벅찬 일인지도 몰랐다. 자칫 잘못하다간 그들 모두가 죽음을 면치 못할지도 몰랐기 때문에 해무겸 그가 스스로 나선 것이다.

타다다당~!

해무겸은 십여 명이나 되는 복면인들 사이로 뛰어들었다.

'훗. 녀석이 이럴 때 도움이 될 줄은 몰랐군.'

그는 사고진이 쏜 비연시로 인해서 복면인들이 어디에 위치해 있는지 파악할 수 있었다. 비연시의 빛이 사그라지자, 그는 빠르게 복면인들에게 파고들었다.

날이 약간 어둡다 보니 그들은 갑자기 자신들의 앞에 나타난 해무겸을 바라보며 소스라치게 놀라고 말았지만, 해무겸은 그렇지가 않았다.

"피, 피해라!"

해무겸의 무극태을검이 시전되자, 복면인들은 너 나 할 것 없이 급히 자리를 피하기 시작했다. 그의 검이 한 번 그어질 때마다 복면인들은 그대로 쓰러져 갔다.

그 모습에 복면인들 모두는 그를 상대로 승리를 단언할 수가 없을 정도였다. 막상 그들 모두가 해무겸에게 달려든다고 할지라도 남은 화산의 제자들과 실력을 가늠할 수 없는 사고진으로 인해서 위험을 감수해야 하는 상황까지 올지도 몰랐다.

"치잇……."

생각지도 못한 상황에 복면인은 급히 자리를 물러났다.

삐익!

그의 신호를 받고 다른 복면인들 역시 급히 자리를 벗어나기 시작했다.

피슛~!

"흠!"

타앙~!

그들이 떠나갈 때쯤 어디선가 독침 하나가 날아왔고, 해무겸은 재빨리 검을 들어 독침을 막았다.

"독침이라…… 암기술의 전문가들이었나?"

그들이 아니고서야 이런 새벽에 공격할 리가 없었기 때문이다. 사실 암기술을 구사하는 자들은 고수를 상대로 벌건 대낮에 일을 치를 수가 없다. 암기술 자체가 눈에 보이지 않아야 더욱 큰 위력을 발휘할 뿐만 아니라, 눈에 보이는 암기라면 고수에게 있어서 아무런 위협이 되지 못하기 때문이었다.

그들의 손에 들린 것 역시도 검이라기보다는 작은 단도나 수리검이 다였다.

"기대했는데 실력자들은 아닌 것 같군?"

해무겸은 모두가 사라지자 사고진을 바라보며 한 마디 했다.

"괜한 수고를 한 것 같군. 하지만 꽤나 도움이 되었소."

사고진을 향해서 고마움의 인사를 건네는 해무겸. 그러나 그런 그의 인사에서 고마움이라고는 눈곱만큼도 찾아볼 수가 없었다.

허리는 꼿꼿이 세우고 말은 심드렁하게 하는 것이, 마치 자신이 방해를 받았다는 듯한 모습이었기 때문이다.

그에 사고진은 아무런 말도 하지 않았다. 지금 이 순간을 넘긴 것이 다행으로 여겨졌으니까.

"잠은 이미 달아났으니 얼른 요기나 하고 빨리 걸음을

하도록 하자꾸나."

"알겠습니다, 대사형."

해무겸은 한쪽으로 가서 나무에 걸터앉았다. 그러고는 무슨 생각을 하는 것인지 고개를 숙였고, 이내 운기조식에 들어갔다. 다른 사제들은 그를 보호하면서 그가 운기조식을 마치길 기다렸다.

동녘 해가 떠오르고, 모두는 다시 산동으로 향했다. 이제 머지않아 산동에 도착할 것이다. 그러나 그럴수록 사고진의 마음은 무거워져 갔다.

'할아버지의 말에 따르면 분명 더 강한 녀석들이 나타날 것이다. 그렇다면 지금으로써는 너무 힘든 상황이 아닐 수 없어.'

지금 그들 중에서 가장 강하다고 알려진 해무겸. 그의 실력으로도 앞으로에 대한 일들을 안전하게 볼 수는 없었다. 만약 그와 같은 실력자가 나타난다면? 그리고 그런 고수들이 다른 수하들을 이끌고 나타난다면? 결과는 불 보듯 뻔했다.

그러나 이에 대해서 사고진이 딱히 내세울 방도라는 것은 전혀 없었다. 단지 해무겸보다 약한 자들만 나타나서 안전하게 산동까지 도착하는 방법뿐.

그렇게 한참을 가던 중 빽빽한 숲으로 들어섰다. 태양

이 가려질 정도로 우거진 숲. 그리고 주변은 사람의 발길이라고는 찾아볼 수가 없었다.

"훗. 이런 곳에서 죽으면 그 누구도 알지 못하겠군?"

해무겸은 그 숲에 들어서자 숲의 분위기를 보며 입을 열었다.

"자, 그럼 여기쯤에서 이만 나오실까? 우리들도 바쁜 몸이니까 말이야."

해무겸은 허공에 대고 이야기를 하고 있었다. 그 이외에 다른 이들은 무엇도 느낄 수가 없었지만, 해무겸의 말이 끝나자 나무 위에서 누군가가 모습을 드러냈다.

"후후, 역시 매화검수 해무겸이군."

나무 위에서 복면을 쓰고 모습을 나타낸 자. 그들은 한두 명이 아니었다.

"저, 저 목소리는?"

그때 제갈린이 그 목소리를 듣고 기겁을 했다. 다름 아닌 그녀가 청해에 있을 때부터 뒤를 쫓아왔던 목소리의 주인공이었던 것이다.

"다, 당신들이 어떻게 여길?"

예전에 비해서 더 많은 복면인들을 이끌고 나타난 그를 보며 제갈린은 놀라지 않을 수가 없었다. 아무리 그래도 이런 지름길에서 미리 매복하고 있을 줄이야 누가 예상이나 했겠는가?

"후후, 우리를 시정잡배들과 비교하면 안 되지. 최소한 너희들의 일거수일투족을 감시하고 있었으니까 말이야. 그리고 이곳이 가장 좋은 무덤인 것 같아서 여기서 기다리고 있었던 것뿐이다."

복면인을 노려보며 해무겸이 조용하게 말했다.

"입으로 싸울 텐가? 그냥 내려와서 검을 뽑으시지."

"후후, 그거 좋지. 너희들은 졸개들을 상대해라. 내가 저 녀석을 맡겠다."

복면인은 나무에서 떨어져 사뿐히 바닥에 내려앉았다.

'일류무인다운 면모다. 저렇게 가뿐히 착지하다니? 이거 생각보다 쉽지는 않겠군.'

해무겸은 복면인을 바라보며 약간 긴장을 하고 말았다.

"후후, 매화검수께서 이 정도에 놀라면 안 되지? 이제부터가 시작인데 말이야."

복면인이 자신의 검을 빼 들었다.

챵~!

경쾌한 소리로 검집에서 빠져나와 청색의 빛깔을 은은하게 뿜어내는 검.

"좋은 검이군."

"후후, 검만 좋은 게 아니야. 실력 또한 좋지."

그는 빠르게 해무겸을 향해서 달려들었다.

'적의 수는 열 명. 우리로서는 절대 불리하다. 처음부터 돕지 않으면 위험한 상황이 될지도 몰라.'

해무겸을 상대하고 있는 복면인을 제외한 그의 수하가 열 명이나 되었다. 반면 이쪽은 사고진을 포함해 겨우 네 명. 네 명이서 열 명을 상대할 수는 없는 것이다.

그리고 저들 또한 화산의 제자들 못지않은 실력을 소유하고 있는 듯 보였기 때문에 그들이 달려오자 사고진은 빠르게 화살을 빼 들었다.

끼긱~!

시위에 올려진 사고진의 화살. 하나가 아닌 세 개의 화살이 동시에 시위에 올려진 상태였다.

파앙~!

바람을 때리는 소리와 함께 그의 손에 들려 있던 세 개의 화살이 사라졌다. 그런데 화살은 사고진이 향한 방향이 아닌 전혀 엉뚱한 방향으로 날아가는 것이 아닌가?

그런 상황에서 사고진은 또다시 화살을 시위에 올려놓았다.

파앙~!

시위를 당기는 모습도 보이지 않게 빠르게 날아간 화살. 그런데 이번에는 적을 향해서 곧장 날아가고 있었다.

"흥! 이따위 화살로 감히!"

복면인은 자신을 향해서 날아오는 화살을 바라보며 검

을 치켜들었다.
 파삭~!
 그러고는 순식간에 그 빠른 화살을 이등분해 버렸다.
 '역시……'
 이 정도는 충분히 예상한 바였다. 단지 그들의 실력이 어느 정도인지를 가늠하고 싶었을 뿐이다.
 그리고 그때 사고진의 눈빛이 달라졌다. 그는 뭔가 생각을 하는 듯이 지그시 눈을 감았다. 또다시 시위에 올려지는 화살.
 끼기기긱~!
 그런데 이번엔 사고진이 시위를 강하게 잡아당기고 있었다. 보통 때와는 다르다는 것을 확실하게 느낄 수 있을 정도였다.
 콰앙~!
 그가 시위를 손에서 놓았을 때 엄청난 소리가 모두에게 전해졌고, 그들은 깜짝 놀라 소리가 들린 방향으로 시선을 돌렸다.
 "피해랏!"
 그것을 본 해무겸과 대치 중인 복면인이 큰 소리로 외쳤고, 다른 복면인들은 즉각 그 자리를 피했다.
 "흥! 이딴 화살!"
 하지만 처음에 사고진의 화살을 반으로 잘라 버렸던 복

면인은 또다시 화살을 자르기 위해서 검을 치켜들었다.
 쉬익~!
 그리고 화살이 자신을 향해서 다가오는 속도를 가늠하며 검을 내리그었다.
 '제기랄! 더 빨라졌잖아!'
 그런데 이전과는 다른 속도였다. 자신이 검을 들어 올려 내리긋는 순간 화살이 지척까지 다가왔어야 했지만, 예상과는 달리 그가 검을 치켜 올렸을 때, 이미 화살은 지척까지 다가왔던 것이다.
 쿠쾅~!
 "크아아악!"
 콰콰콰쾅~!
 화살이 정확하게 그의 가슴을 가격했다. 그리고 그대로 그를 이끌고 나무들을 향해서 돌진했다.
 하나의 화살이 사람을 이끌고 나무로 돌진할 수 있다고 하면 누가 믿을 수 있겠는가? 하지만 이것은 엄연히 현실이 되었고, 복면인들은 파괴된 나무의 모습에 넋을 잃을 수밖에 없었다.
 "크큭, 한가락 하는 건 있었군. 괜히 제갈린이 데리고 다닌 것은 아니었구만."
 사고진의 이러한 모습을 본 해무겸은 조금은 안심이 된다는 듯 자신의 앞에 있는 복면인을 향해서 물었다.

"자, 이제 구경은 잠시 제쳐 두고 우리들도 제대로 시작해 봐야지?"

촤라라락~!

그의 손에서 검의 잔영이 수십 개씩 뻗어 나왔다.

"무극태을검?"

그것을 단번에 알아본 복면인은 자신의 검을 뻗었다.

번쩍번쩍!

복면인의 검이 눈에 보이지 않을 속도로 해무겸의 검을 막아 오기 시작했다.

"이, 이것은! 제왕무적검(帝王無敵劍)! 네 녀석 남궁세가의 사람이었더냐?"

"크큭. 뭐 알게 된 이상 살아서 돌아갈 것이라는 생각은 버리는 게 좋을 것이다."

남궁세가의 제왕무적검강! 그것은 오래도록 남궁세가가 무림에서 자리매김할 수 있게 도와준 강력한 검법이었다.

이런 제왕무적검강은 남궁세가의 얼굴이나 다름이 없었기 때문에 고수라면 누구나 제왕무적검강을 알아볼 수가 있었다.

이런 상황에서 복면인이 제왕무적검강을 쓴 이유는 무극태을검을 일반적인 검으로만 받을 수는 없었기 때문에 자신의 밑천을 드러내고 만 것이다.

"네 녀석…… 남궁연이냐?"

"오? 바로 알아차리십니다그려?"

"빌어먹을 놈."

남궁연. 그는 삼십이 세의 나이로 남궁세가의 차기 가주가 될 몸이었다. 그런 그가 지금 제갈린의 지보탄부송을 빼앗기 위해서 이렇게 수하들을 끌고 온 것에 대해 해무겸은 당황하면서도 분노를 머금었다.

"네 녀석이 쉽게 지보탄부송을 손에 넣도록 허락할 것 같으냐?"

"허락 받으려고 한 적 없습니다. 단지 내 것으로 만들려고 할 뿐이지요."

"그런가? 하지만 그럴 수 없을 것이다. 왜냐하면 내가 반드시 막을 테니까. 네 녀석이 지보탄부송의 효능으로 무림에서 큰 입지를 얻기 위해서 이러한 짓을 한 것 같은데, 절대 그렇게 되도록 놔두진 않겠다."

남궁세가를 더불어 지금 모든 문파와 세가들이 강한 힘에 집착하고 있는 것은 사실이다. 강력한 힘만이 문파나 세가를 더욱 강성하게 만들기 때문이다.

하지만 근래에 들어서 그렇다 할 고수가 나온 적이 없었다. 무림에서도 현재 다섯 손가락 정도에 들어가는 고수들이 절정고수의 반열이라고 생각한다면, 무림의 실태가 어떠한지 뻔히 드러나는 정도였다.

두 사람이 그렇게 대결을 펼치는 사이, 사고진은 화살을 쉴 틈 없이 당기고 있었다.

"빌어먹을! 화살이 대체 어디서 날아오는 거야!"

두 개, 때로는 세 개. 어디서 쐈는지도 모르는 화살들이 무수히 복면인들을 괴롭히고 있었다. 이들은 남궁세가의 문하생들이었다.

사고진이 처음부터 쏘아 둔 세 발의 화살과 지금처럼 연이어 쏘는 화살의 방향은 모두가 일정하지 않았다. 하지만 정확한 것은 그들의 위, 옆, 뒤에서 마구 화살이 쏟아져 오고 있다는 것이었다.

위력이 강한 것은 아니다. 다만 언제 어디에서 날아올지 모르기 때문에 전투에 신경이 쓰일 수밖에 없었다.

마치 동시다발적으로 공격을 하는 듯한 모습에 한 인물이 소리쳤다.

"저 녀석부터 없애 버려! 저 녀석만 없앤다면 이 세 녀석을 없애는 것은 쉬울 거다!"

제갈린과 거지는 다른 장소에서 이들의 싸움을 지켜보고 있었다. 이런 고수들로부터 도망친다는 것은 어불성설이었기에 단지 숨어서 그들이 승리하기를 기원하고 있을 뿐이었다.

그런 상황에서 화산의 제자들이 아닌 사고진이 목표가 되는 것은 당연했다. 계속해서 뒤에서 지원사격을 하고 있었기 때문이다.
"저런 녀석쯤은 제가 처리하겠습니다!"
그때 한 복면인이 빠르게 앞으로 튀어나왔다.
"그까짓 궁으로 감히 검사를 상대하겠다고?"
그는 그대로 검을 사고진을 향해서 찌르며 다가왔다.
샤샤샥~!
그런데 그때 사고진의 모습이 한 차례 그의 눈앞에서 사라졌다. 그러고는 멀찌감치 뒤에서 자신을 향해서 화살을 겨누는 것이 아닌가?
"금리도천파?"
순간 사고진이 사용한 신법을 알아본 복면인은 놀라고 말았다. 그리고 더 놀라운 것은 사고진이 금리도천파를 사용한 것이 아닌 자신에게서 도망친 상황에서도 시위를 당겼다는 사실이었다.
"화룡관영!"
푸화확~!
사고진의 화살이 화염을 머금고 그를 향해서 쏘아져 나갔다.
"치잇!"
예사롭지 않은 위력에 복면인은 화살을 막을 생각을 하지 않고 그대로 피해 버렸다.
쿠쾅~!

강력한 화염이 폭발에 휩싸이면서 순식간에 뜨거운 열기가 작렬했다.

"어, 어떻게 이런 위력을!"

지금까지 단 한 번도 본 적이 없는 강력한 궁의 위력 앞에서 복면인은 사고진을 경계하기 시작했다.

'단순한 궁사가 아니다. 이 정도라면 뇌격궁 백연과 비슷한 수준이라고 할 수도 있을 거야! 뇌격궁 백연과는 무슨 사일까?'

복면인은 궁으로 가장 유명하게 알려진 백연을 연상하고 있었다. 또한 이미 백연의 나이를 알고 있었기 때문에 사고진의 젊은 나이로서는 그와 비교조차 할 수가 없었다.

"안 되겠다! 저 녀석을 빨리 처리하는 게 급선무다. 네 명만 남고 나머지는 저 녀석을 죽여 버려!"

"옛!"

화산 제자를 상대하고 있던 아홉 명의 복면인. 한 인물의 명령에 네 명만 남고, 다섯 명이 사고진을 향해서 달려들었다.

일 대 오의 대결. 누가 보더라도 사고진이 불리할 수밖에 없는 상황이었다.

"저러다가 소협이 당하겠어요!"

"헐헐. 뭐 당하면 저 녀석의 운명일지고?"

거지는 뭐가 그렇게 태평한지 숨어서 그 장면을 지켜볼 뿐이었다.

제갈린은 혹시나 자신으로 인해서 사고진이 사고를 당하지는 않을까 걱정이 앞섰다. 단지 자신 한 사람을 산동에 데려다 주기 위해서 전혀 알지 못하는 사고진이 은혜를 베푸는 것이 아니던가?

그리고 은혜는 이미 한 번 빚진 상태였다. 그런데 그런 그가 오늘 이 자리에서 죽을 운명이 될지도 모르는 것이었다.

"차아앗!"

복면인들이 검을 빼 들고 무수한 잔영과 함께 사고진을 덮쳤다.

슥슥슥~!

그런데 이번에도 사고진은 가깝게 접근해서 검을 휘두르는 그들의 검을 유유히 피하고 있었다.

"능파미보? 대체 이 녀석은 신법을 얼마나 알고 있는 거지?"

능파미보와 금리도천파를 익히고 있는 사고진을 보며 그들은 놀라지 않을 수가 없었다. 어린 나이에 이 정도의 실력을 갖추고 있다면 이미 무림에 이름이 나 있어야 정상이다. 하지만 단 한 번도 본 적도 없을뿐더러, 궁을 사용하고 있는 인물이기 때문에 그들 모두가 사고진을 종잡을 수가 없었다.

"녀석이 도망가지 못하도록 대무검진(大無劍陣)을 펼쳐라!"

"예!"

검진이란 최소 네 명이 있어야 펼칠 수 있는 것을 말한다. 이런 검진에 가둬지게 되면 일정 수준의 고수가 아닌 이상 벗어나기란 불가능했다.

"하하하. 이젠 아예 대놓고 대무검진까지 펼치는군?"

그 모습을 지켜보고 있던 해무겸이 크게 웃었다. 그의 웃음에 기분이 상한 남궁연이었다.

"어차피 상관있나? 죽으면 우리가 무엇을 했는지 아는 사람은 없을 텐데."

"죽긴 누가 죽는다고 그러나?"

샤샤샥~!

해무겸의 검이 또다시 남궁연을 향해서 쇄도하기 시작했다. 빠르고 강력한 검! 처음에는 남궁연 역시도 그의 검을 막을 수가 있었지만, 시간이 지날수록 해무겸의 검은 더 빠르고 강력해져 갔다. 그렇지만 자신은 내공이 급격히 떨어져 가기 시작했고, 이대로 지속된다면 해무겸에게 당할 것이라는 걸 알고 있었다.

'이 빌어먹을 녀석들아! 얼른 끝내고 나를 도와달란 말이다!'

남궁연은 애꿎은 수하들만을 탓하고 있을 뿐이었다.
"대무검진!"
쉭쉭쉭~!
그들이 빠르게 사고진의 옆을 돌기 시작했다. 사고진은 이러한 상황에서 궁을 올리고는 시위를 당겼다.
"발악하지 마라. 그딴 화살은 이런 가까운 거리에서 쏴 봐야 크게 위력을 못 내니까."
"크게 위력이 있는지 없는지는 두고 봐야 할 문제지."
"어린 녀석이 겁을 상실했구나. 좋다! 네 녀석의 목을 거둬 가마. 쳐라!"
명령과 동시에 복면인들이 사고진을 향해서 덮쳤다.
사고진은 빠르게 통에서 화살 다섯 발을 꺼냈다. 그러고는 시위에 올려놓으며 외쳤다.
"광시!"
파파파팟~!
동시에 사방으로 뻗어 나가는 화살! 하지만 그것이 끝이 아니었다. 사고진은 그 한 번의 동작을 네 번 연달아 시전했고, 총 스무 발의 화살이 눈 깜짝할 사이에 그의 시위를 떠나갔다.
"피, 피해라!"
설마하니 궁으로 사방을 공격할 수 있는 기술이 있을 것이라고 누가 상상이나 했겠는가? 그것도 찰나의 순간

네 번에 이은 공격을 했다는 것에 복면인은 크게 놀라며 소리쳤지만, 이미 늦은 뒤였다.

"푸푸푹~!"

광시의 경우 위력이 강한 것은 아니다. 하지만 그것을 피할 수도 없을 만큼 많은 화살을 동시다발적으로 사용할 수 있었고, 주변에서 모여든 적 모두에게 사용할 수 있었다.

광시의 경우는 한 사람을 목표로 두고 쏠 수도 있지만, 이렇게 사방에서 달려드는 적들에게도 상당히 유용한 수법이었다.

"크아악!"

사고진을 향해서 날아든 다섯 명 중 세 명이 바닥에 쓰러졌다. 두 명은 화살을 팔과 다리에 꽂은 채 겨우 지탱하고 있을 정도였다.

"빌어먹을!"

복면인은 주먹을 강하게 쥐었다. 설마하니 궁사에게 이렇게 당할 줄은 꿈에도 몰랐던 것이다. 그의 실력을 너무 과소평가한 것이 큰 실수였다.

그러다 문득 그는 사고진의 모습을 살펴보게 되었고, 비로소 승리의 미소가 떠올랐다.

"크큭. 화살이 떨어졌군?"

처음부터 많은 화살을 쏜 탓에 사고진의 화살통은 텅텅

비어 있었다. 그 사실을 알고 있는 사고진이었기에 무어라 대꾸는 하지 않았다.

"사냥꾼이 화살이 없으면 산짐승에게도 죽는다고 했던가? 네 녀석이 준 치욕을 이제 갚아 주마."

복면인은 자신의 팔과 다리에 박혀 있는 화살을 빼냈다. 그리고 즉각 사고진을 향해서 달려들었다.

"사냥꾼은 화살이 없으면 사냥을 하지 않는다. 하지만 사냥을 꼭 해야 하는 순간에는 그만큼 냉철해지는 것이 바로 사냥꾼이다."

사고진은 자신의 자현궁을 들었다. 그리고 자신을 향해서 뻗어 오는 그의 검을 막았다.

터엉~!

"이런 제길!"

그의 검이 너무나 쉽게 막혀 버렸다. 설마하니 궁사가 궁대를 들어 검을 막을 줄 누가 알았겠는가?

사고진은 그간 배운 궁술을 발휘하고 있었던 것이다. 궁술 역시도 내공을 사용하면 그만큼의 위력이 증가하기 마련이다. 또한 복면인이 부상을 입었기 때문에 자신의 본래 힘을 내는 것도 사실상 무리가 있었다. 이 정도라면 오히려 사고진이 더욱 힘을 발휘할 수 있는 순간이었다.

쉭쉭쉭~!

사고진은 능파미보를 시전하기에 이르렀고, 그의 주변

을 빠르게 회전했다.

스윽~!

그리고 그때 검사는 자신의 목에 무엇인가 걸리는 것을 느꼈다.

"시, 시위?"

어떻게 된 것일까? 자신의 목에 시위가 걸려 있었다. 사고진은 자현궁을 살짝 잡아당기며 그에게 말했다.

"시위는 날카롭기 그지없지. 괜히 잘못 움직이다간 베이고 마니까. 아마 검사들은 모를 거야. 궁사들은 수만 번 시위를 당기면서 시위가 얼마나 날카로운지 너무나 잘 알고 있지. 그 날카로움은 검과도 같다. 하물며 그 어떠한 궁보다 뛰어난 자현궁의 시위라면?"

"자, 자현궁? 네 녀석은 뇌격궁 백연과 무슨 사이냐?"

자현궁을 못 들어 봤을 리가 없는 복면인이 당혹스러운 얼굴을 하며 사고진을 향해 곁눈질로 물었다.

"나의 사부시다."

"뇌격궁 백연이 너의 사부?"

그것은 놀라운 말이었다. 백연이 무림에서 사라진 지 십 년 가까이 되었다. 그런 그에게 제자가 생겼다니?

더군다나 그의 신물과도 같은 자현궁을 들고 나타난 이 소년.

"큭큭. 단지 아직 죽지 않은 것에 놀랐을 뿐이다. 이딴 시위로 무엇을 할 수 있단 말이냐! 차앗!"

 복면인은 시위의 힘을 감소시키기 위해서 사고진을 향해서 그대로 목을 돌리며 달려들었다.

 "멍청한 놈……."

 사고진은 아주 살짝 자현궁을 잡아당겼다.

 푸쉭~!

 그러자 복면인의 움직임이 느려지면서 그의 목에서 한 줄기 피가 솟구쳤다.

 그 이유는 자현궁의 시위와 맞닿아 있는 그가 목을 돌리는 순간 이미 한 차례 상처를 입었고, 그런 상황에서 사고진이 자현궁을 잡아당기자 그의 피부로 시위가 파고든 것이다.

 궁사들은 수만 번 시위를 잡아당기면서 그들의 손에는 다른 무인들이 상상할 수도 없는 굳은살이 박히게 된다. 물론 시위를 잡아당길 때 내공을 사용하는 이들도 있다. 그러나 애초부터 내공을 사용하는 궁사들은 없기 때문에 수만 번의 수련을 통해서 굳은살을 만들어 두는 것이다.

 궁사들이 시위를 잡아당길 때 매우 쉽게 잡아당기는 것처럼 보이는데 이것은 무인들의 착각이다.

 수만 번의 수련을 통해서 생긴 굳은살임에도 불구하고 그들의 손이 찢겨져 나가는 일이 허다한데, 하물며 인간의 약하디약한 목은 어떻겠는가?

살짝만 닿아도 상처를 입는 것은 당연했다. 시위가 당겨진 상태에서 목을 돌린 복면인의 경우는 자살을 감행한 것이나 다름이 없었다.

시위가 목의 반쯤 박혀 있는 것을 보며 사고진은 그대로 자현궁을 잡아당겼다.

스걱~!

피잉~!

그러자 목이 반으로 이등분되면서 사고진의 시위가 한 차례 차가운 음을 남겼다.

자신의 얼굴에 튄 피를 보며 사고진은 한숨을 쉬었다.

'수천 번 들었다. 무림은 약육강식의 세계라고. 결국은 사람이 짐승을 잡는 것이나 똑같다고 말이야. 하지만 같은 사람을 죽이는 것은 썩 유쾌하진 않군.'

사고진은 처음으로 사람을 죽였다. 그리고 그 감촉을 맛본 순간 허탈감도 맛보았다.

같은 사람을 죽인다는 것이 물론 좋다는 것은 아니다. 하지만 죄책감이라는 것을 느끼지 못할 정도로 차가운 마음의 소유자가 아니기에 그는 잠시 자현궁을 바라보고 있을 수밖에 없었던 것이다.

"이런 빌어먹을 놈!"

그때 다른 부상자 하나가 사고진을 향해서 달려들었다.

멍하니 자현궁을 바라보고 있던 사고진은 몸을 틀었고,

뭔가가 빠른 속도로 자신을 향해서 뻗어 오는 것을 보았다.
 푹~!
 아주 짧은 단발의 소리. 그리고 사고진은 자신의 배 아래를 내려다보았다. 정확히 복면인의 검이 자신의 하복부를 찌른 모습이었다.
 "아아악!"
 순간 통증이 밀려오면서 사고진은 비명을 질렀다. 그 소리에 제갈린과 거지는 물론, 해무겸까지 사고진을 보게 되었다.
 "저, 저런!"
 거지는 검에 찔린 사고진을 바라보면서 크게 놀랐다. 다른 부분도 아닌 정확히 단전이 위치한 곳이 아닌가?
 무인에게 있어서는 치명적인 곳이었다.
 "으윽……."
 사고진은 천천히 뒷걸음질 치며 자신의 하복부에 박혀 있는 검을 빼냈다. 검을 찌른 복면인은 그 자리에 쓰러졌다. 아무래도 사고진에게 맞은 화살 때문인 듯 보였다.
 뒷걸음질 치며 뒤로 물러선 사고진은 통증을 느끼며 천천히 쓰러졌고, 몸의 기운이 점차 빠져나가는 듯한 착각을 느꼈다.
 '아아…… 이게 끝이란 말인가?'

그동안 지겨웠던 삶. 그에게 있어서 궁은 모든 것이었다. 그런 와중에 백연을 만나게 되었고, 변화 없는 삶을 살면서 또 다른 기쁨 하나를 맛보았다.

제갈린! 그녀가 눈에 들어온 순간 그의 삶 자체가 달라짐을 느꼈다. 단 한 번도 느껴 보지 못한 여인의 아름다움. 그리고 그녀를 통해서 지루한 일상에서 벗어난 일.

그런데 그런 일들이 너무나 짧게 끝나는 순간이 아닐 수 없었다.

"큭큭. 궁사가 그렇게 나돌아 다니니까 그런 꼴을 당하는 것이지."

남궁연은 쓰러진 사고진을 보면서 비웃었다. 그런데 해무겸 역시도 오히려 잘됐다는 눈으로 남궁연을 바라보며 말했다.

"네 녀석에게 고맙군. 수고를 덜어 주어서 말이야."

"수고라니? 무슨 소리를 하는 것이냐? 네 녀석의 동료가 당했는데 그런 말이 나온단 말이냐?"

남궁연으로서는 이해가 되지 않는 말이었다.

"동료? 누가 동료란 말이냐? 어차피 오늘 이 숲에서 저들의 운명은 끝이 나는데. 네 녀석이 이렇게 도와주니 감사할 따름이지!"

"뭐라고? 그럼 네 녀석도 지보탄부송을 노리고 있었단 말이냐?"

"큭큭. 당연한 소리?"

명문 화산에서 호위를 하는 해무겸이 지보탄부송을 노리고 있을 줄이야 누가 알았겠는가? 그런 의미에서 보면 그가 데리고 다니는 세 명의 인물에 대해서도 알 것 같았다.

그들은 언제나 해무겸의 곁에 붙어 다니는 화산의 제자들로, 장차 해무겸이 장문인이 된다면 그들 역시도 화산의 한 자리를 꿰찰 이들이었다.

그렇다 보니 지보탄부송을 얻으려면 많은 화산의 제자보다 자신을 믿고 따르는 소수의 인물이면 이번 일이 쉽게 성사될 듯싶었던 것이다.

거기다 그들은 각기 실력 또한 출중하니, 웬만한 화산 제자들 여럿을 대동하는 것보다는 나았다.

"설마하니 저 녀석이 남궁세가 녀석들을 상대로 다섯 명이나 처치해 줄 줄은 나 역시도 생각지도 못한 변수였어. 어쩌면 힘들지도 모르겠다고 생각했었는데, 차라리 잘되었지?"

해무겸 역시도 복면인들이 나타나고 난 후 상황이 어렵게 돌아갈 것이라고 예상하고 있었다. 그런데 뜻밖에도 사고진이 다섯 명이나 처리했으니, 다른 화산의 제자 세 명이라면 남궁세가의 인물들 다섯 명쯤은 상대할 수 있을 것이 분명했다.

"네 녀석과도 노닥거릴 시간이 없겠군. 무극태을검!"
 그의 장기가 또다시 발휘되기 시작하자, 남궁연은 사태의 심각성을 느꼈다.
 '빌어먹을! 이 모든 것이 저 망할 녀석 때문에 일어난 일이란 말인가!'
 그의 머릿속에는 사고진 한 사람밖에 생각이 나지 않았다. 그가 없었다면 이미 일을 끝내고 지보탄부송을 손에 넣었을지도 모른다. 하지만 그 한 사람으로 인해서 모든 것이 틀어져 버린 것이다.

 사고진의 앞으로 다가온 거지는 급히 그의 상태를 살펴보기 시작했다. 거지의 모습에서 제갈린은 조금 이상하다는 생각이 들었다.
 그는 보잘것없는 거지다. 그런데 지금 이 순간만큼은 마치 의원처럼 행동하고 있지 않은가?
 "쿨럭~!"
 사고진의 입에서 피가 한 모금 쏟아졌다.
 거지는 사고진의 단전을 한 손으로 짚었다. 그러고는 또다시 맥을 짚어 보고는 다급하게 말했다.
 "이런! 단전이 찢어졌구나!"
 곁에 다가온 제갈린이 두 눈을 크게 뜨고 소리쳤다.
 "단전이 찢어졌다니요? 그게 대체 무슨 말인가요?"

거지는 한쪽에 떨어져 있는 복면인의 검을 보고 말했다.

"아무래도 칼에 찔릴 때, 단전에 상처를 입은 것 같다. 빨리 치료를 하지 않으면 영영 내공을 사용할 수 없다."

"그게 사실인가요?"

제갈린은 무인에게 있어서 단전이라는 것이 얼마나 중요한지 잘 알고 있었다. 그렇기 때문에 크게 놀랄 수밖에 없었다.

"고칠 수 있는 방도가 없나요?"

급한 마음에 제갈린이 물었고, 거지는 고개를 가로저었다.

"지금 이 판국에 뭘 제대로 치료할 수 있겠느냐? 아무 것도 할 수 없다."

거지는 침울한 표정을 지었다. 단지 며칠뿐이었다. 사고진과의 만남은.

그러나 그런 짧은 만남임에도 사고진은 남처럼 느껴지지 않았다. 언제나 자신의 곁에 있던 손주 같았다. 사고진에게 지금 이 순간이 얼마나 절망적으로 느껴질지는 뻔했다.

사고진은 죽지는 않을 것이다. 다만 더 이상 무인으로서는 생활할 수가 없게 되는 것이다.

'이 일을 어떻게 한단 말인가?'

고통에 신음하고 있는 사고진의 얼굴을 보면서 거지는 그의 상처를 살폈다. 이미 지혈은 끝마친 상태였다. 하지만 지혈이 끝났다고 해서 뭣하겠는가? 단전이 제구실을 못하게 될 텐데 말이다.

그런 와중에 문득 거지의 머리에 떠오르는 것이 있었다. 그는 즉각 제갈린을 바라보았다.

"아이야, 잘 들어라. 지금 고진이의 찢어진 단전을 막을 수 있는 것은 그 지보탄부송뿐이란다. 시간이 조금 더 늦어진다면 더 이상 고진이의 단전은 쓸모가 없게 된단다. 그 지보탄부송을 내게 줄 수 있겠느냐?"

거지의 말에 제갈린의 손이 떨리고 있었다.

그동안 사고진에게 고마운 것은 많다. 그것이 은혜라고 해도 과언은 아니고, 목숨을 빚졌다고도 할 수 있다. 하지만 이 지보탄부송만은 다르다.

자신의 아버지인 제갈선우의 목숨을 살릴 것이 아니던가?

"저의 목숨을 달라면 드리겠습니다만…… 이 지보탄부송만은 절대로 안 됩니다. 이것은 저희 아버님을 되살릴 수 있는 유일한 것입니다."

제갈린의 선택은 어쩔 수가 없었다. 이 지보탄부송을 위해서 세가의 기둥이 흔들릴 정도의 자금을 빼내었다. 그런 와중에 지보탄부송을 사고진에게 먹이려 하다니?

차라리 자신의 목숨을 내놓는 게 낫다는 생각이었다.

그 말을 듣고 있던 거지는 다른 무사들이 듣지 못하게 조용히 그녀에게 말했다.

"나는 만왕약선(萬王藥仙)이다. 네가 만약 나에게 지보탄부송을 준다면, 내 이름을 걸고 제갈선우를 치료하도록 하마."

"마, 만왕약선!!"

어찌 그 이름을 듣고 놀라지 않겠는가?

만왕약선! 그는 당대 최고의 의선(醫仙)으로 불리며, 그의 나이를 아는 사람도 없을 뿐만 아니라 그의 외모를 아는 이들도 없었다.

하지만 그가 최고의 의선이라는 점과 죽은 자도 살릴 수 있는 능력을 가진 자라는 것은 무림을 통틀어 모르는 이가 없을 정도였다.

"저, 정말로 만왕약선이신가요?"

"그렇단다. 내가 바로 만왕약선 이지광이다."

그 말 한마디에 제갈린은 흔들리고 있었다. 그녀의 눈은 쓰러진 사고진과 자신이 들고 있는 상자를 번갈아 가며 보고 있었다.

하지만 선뜻 그 말을 어떻게 믿을 수가 있단 말인가? 만왕약선이 중원에서 모습을 감춘 지 벌써 칠십 년이라는 세월이 흘렀다. 그런데 지금 자신의 앞에 있는 만왕약선

이지광이라고 하는 인물의 모습은 마치 이순(耳順)의 나이 정도로만 보이지 않은가?

이것은 말이 되지 않는 이치였다.

그러나 그의 눈에서 진실함이 흘러나오는 걸 보고 제갈린은 상자를 내밀며 말했다.

"이름을 걸고 반드시 저희 아버님을 치료해 주시리라 믿습니다."

"그래, 알겠다. 걱정 말거라."

이지광은 그렇게 제갈린에게서 상자를 받았다. 그 상자의 뚜껑을 천천히 열자, 상큼한 향이 코를 찔렀다.

그것은 순식간에 주변 모두가 맡을 수 있는 강력한 향이었다. 그 향을 맡은 해무겸이 고개를 틀어 이지광을 바라본 뒤 그의 손에 들린 지보탄부송을 차례로 보았다.

붉은빛을 내고 있는 작은 버섯 모양. 그것을 본 순간 해무겸이 큰 소리로 외쳤다.

"그걸 당장 내려놓아라! 그렇지 않으면 네 녀석도 죽여주마!"

그 소리를 들었음에도 이지광은 지보탄부송을 천천히 사고진의 입속으로 밀어 넣었다.

"아, 안 돼!"

"저, 저런 미친!"

해무겸과 남궁연이 동시에 소리쳤다. 그것이 어떠한 것

이던가? 지보탄부송 하나면 자신들의 입지가 무림 최고가 되는 것인데, 어찌 저런 귀한 것을 한낱 애송이에게 먹일 수가 있더란 말인가?

검을 금방이라도 자신을 향해서 뻗으려고 하는 해무겸과 남궁연을 바라보며 이지광이 말했다.

"더 이상 다가오지 마라. 그렇지 않으면 네 녀석들은 독에 중독되고 말 것이다."

"큭! 웃기는 소리!"

해무겸은 이지광의 경고를 무시하며 검을 사고진을 향해 돌렸다. 그와 대결을 하고 있던 남궁연은 이미 그의 머릿속에서 사라진 상태였다.

'지금 당장이라도 저 녀석의 내장을 끄집어낸다면, 지보탄부송이 있을지도 모른다. 이렇게 허무하게 지보탄부송을 빼앗길 순 없어!'

해무겸은 사고진의 신체를 난자해서라도 지보탄부송을 찾을 생각이었다.

막 검을 빼 들고 사고진을 향해서 달려들려는 순간 그는 몇 발자국 떼지도 못하고 그 자리에 무릎을 꿇고 말았다.

"쿨럭~!"

그런데 놀랍게도 각혈을 토해 내는 것이 아닌가?

"어, 어찌 이런?"

도무지 무슨 영문인지를 모르는 해무겸이었다. 그것은 그뿐만 아니라 사고진의 근처로 몰려들고 있던 이들 모두가 똑같은 현상을 겪고 있었다.

그런 이들을 보면서 이지광이 입을 열었다.

"그것은 내가 만든 독이다. 비록 무공을 사용하지 않는 자들에게는 아무런 해를 끼치지 않으나, 무인에게는 상당히 치명상이 될 독이지. 그 독에 중독된 후 내공을 사용한다면 네 시진 동안은 내공을 사용할 수가 없게 된다. 물론 몸에도 마비가 오고 말이다."

만왕약선 이지광이 스스로 만들어 낸 독. 그것은 일반인에게는 전혀 통용되지 않는 무인들만을 위한 독이었다.

지금 해무겸을 비롯한 모든 이들이 그 자리에서 각혈을 하며 서서히 몸이 굳어져 가고 있음을 느꼈다.

그들 모두를 바라보고 있던 이지광은 사고진의 몸을 살폈다. 이미 입속으로 밀어 넣은 지보탄부송은 마치 빨려들어가기라도 하는 듯 목구멍으로 넘어갔고, 이후 하복부에 난 상처는 지보탄부송에 의한 효과 때문인지 말끔히 치료가 되어 있었다.

이지광은 제갈린을 돌아보며 말했다.

"어서 이곳을 벗어나자꾸나. 고진이 역시도 제대로 치료를 하기 위해서는 얼른 자리를 이동해야 할 것 같구나."

이지광은 그대로 사고진을 들쳐 업었다. 지보탄부송의 효과 덕분에 상처는 치료되었다고 하지만, 아직까지 모든 것이 완벽하다고 단언할 수는 없었다.

 지보탄부송의 효과라면 찢어진 단전을 회복할 수는 있을 것이지만, 그가 나서서 치료하지 않으면 자연적으로 치료된다는 보장도 할 수 없는 것이다.

 그렇게 이지광은 제갈린과 함께 얼마 남지 않은 제갈세가를 향해서 걸음을 재촉했다.

 '이런 빌어먹을! 어찌 이런 일이!'

 가누지도 못하는 몸에 분노를 느끼며 해무겸은 사라져 가는 이지광과 제갈린을 노려보았다.

 만약 그가 거지가 만왕약선이라는 것을 알았다면, 지금 이러한 분노는 일으키지 않았을 것이다.

 만왕약선 정도라면 지보탄부송이 아니라 하더라도 능히 일 갑자의 내공을 얻을 수 있는 영단을 만들어 줄 테니까.

 그러나 멀어져 가는 이지광을 매서운 눈으로 노려보는 한편, 앞으로의 일이 걱정되는 해무겸이었다.

 '제길. 이제 어떻게 한다? 어차피 제갈린은 세가로 아무 걱정 없이 도착할 것이다. 하지만 지금의 우리 꼴은 어떻게 한단 말인가?'

 제갈린은 복면을 한 남궁연의 정체를 모른다. 하지만

해무겸의 속내는 알 수 있었을 것이다. 그가 한 말들을 조합해 본다면, 분명 자신이 지보탄부송을 노리고 있었다는 것을 내포하니까.

'치잇…… 일이 꼬이게 생겼군.'

이 일이 밝혀진다면 그는 화산에서 추방되고 말 것이다. 어쩌면 내공을 파훼당할지도 모르는 일이었다.

그것만큼은 죽어도 싫은 것이 바로 무인이다. 그렇기 때문에 해무겸은 지금 이 자리에서 결단을 할 수밖에 없었다.

산동에 있는 제갈세가로 가는 동안 다른 공격이 없었던 것은 아니었다. 그럴 때마다 이지광은 독을 사용하여 그들을 막았다.

"휴……. 다행히도 독이 다 떨어지기 전에 제대로 도착한 것 같구나."

가까스로 산동에 도착한 이지광은 제갈린과 함께 제갈세가로 들어섰고, 제갈세가의 인물들은 갑자기 나타난 제갈린을 보며 놀라지 않을 수 없었다.

사실 제갈린과 동행한 두 명의 인물이 그녀의 안위를 보장할 수가 없었던 것이다. 그 당시 숲에서 만난 그들은 상당한 고수였다. 그런 고수들을 상대하면서 제갈린이 살아 있을 거라고는 믿을 수가 없었다.

그런 상황에서 무림에 제갈린이 지보탄부송을 지니고 있다는 소문이 퍼졌지만, 그것을 확인할 길이 없었기에 어떠한 조치도 할 수가 없었던 것이다.

"정말 제갈린이냐?"

그때 두 남자가 뛰쳐나오며 입을 열었다. 그는 제갈린과 동행했던 제갈마운으로 제갈선하의 장남이었다. 그에 이어 차남인 제갈마성이 제갈린의 손을 잡으며 말했다.

"린아, 정말 괜찮은 것이냐? 어디 다친 곳은 없고?"

그는 진심으로 걱정이 되는 듯 제갈린을 요모조모 살펴보기 시작했다.

"마성 오라버니, 전 괜찮아요. 그보다 부상자가 있어서 우선 이분을 먼저 모시도록 할게요."

"부상자라니?"

그때서야 그들은 제갈린의 뒤에 있는 한 거지와 그의 등에 업혀 있는 소년을 볼 수가 있었다.

"이분은 만왕약선 이지광 님이세요. 그리고 등에 업힌 소협은 저를 숲에서 구해 주신 고마우신 분이고요."

"마, 만왕약선!"

"이지광!"

그들 역시도 제갈린만큼 그 이름을 듣는 순간 크게 놀라지 않을 수 없었다. 중원 최고! 그리고 전설이 될 만한 의원이 그들의 앞에 나타났는데, 어찌 놀라지 않을 수 있겠는가?

제갈린은 간단하게 인사를 건네고 두 사람을 안내했다.

"혀, 형님, 지금 제 귀가 잘못된 것은 아니지요?"

"나도…… 뭐가 뭔지 모르겠구나. 만왕약선 이지광이라는 분이 대체 뭐가 아쉬워서 제갈세가에 온단 말이냐?"

그들은 지금 현재 제갈세가의 입지를 확실하게 알고 있었다. 현재의 제갈세가는 구대문파에는 이름도 못 내밀 정도로 하락되어 있었을 뿐만 아니라, 많은 세가들 중에서도 단연 제일 하위에 위치한다고 해도 과언이 아니었다.

더군다나 지보탄부송을 얻기 위해서 재산까지 모조리 끌어 쓴 탓에 이제는 제갈세가의 기둥까지 흔들리고 있을 정도였다.

그런 상황에 만왕약선 이지광이 제갈세가에 방문했다는 것은 도무지 이해가 되지 않는 순간이었다.

그들의 머릿속은 언제나 사람은 이익을 추구한다는 것밖에 생각이 나지 않았던 것이다.

사고진을 침소로 옮긴 이지광은 간단한 준비를 하고 그의 몸에 침을 놓기 시작했다. 이 침은 혈액순환이 잘되게 함과 동시에 단전이 찢어지면서 몸에 흩어진 기운을 고루 순환시키기 위함이었다.

"흠……."

침을 다 놓은 이지광은 사고진의 맥을 짚었다.

"역시 지보탄부송이군. 천고의 영약이라고 불릴 만해."

그런 이지광을 보고 있던 제갈린이 물었다.

"그럼 이제 사고진 소협은 괜찮은 건가요?"

"허허, 그렇단다. 너의 결정으로 인해서 이 녀석은 기연을 얻은 것이나 다름이 없지. 아마 일어나서 너에게 고맙다고 백번이고 절을 해야 할 것이다."

그 말을 듣고 있던 제갈린은 고개를 숙이며 말했다.

"그렇다면 이제 저희 아버님을 봐 주십시오."

"허허. 그래, 알았다. 그렇지 않아도 이제 제갈선우를 보러 갈 참이었다."

이지광은 제갈선우를 아무렇지도 않게 부르고 있었다. 이미 나이로 따지더라도 그가 제갈선우보다 훨씬 더 연배가 높았기 때문이다.

제갈선우가 묵고 있는 방. 그 방에 제갈선우는 마치 목석처럼 미동도 하지 않고 자리에 누워 있었다.

그 모습을 본 제갈린은 제갈선우에게 달려들어 눈물을 흘렸다.

"아버님, 린이가 왔어요. 이제 눈 좀 떠 보세요."

흐느끼고 있는 제갈린과는 다르게 이지광의 눈빛은 빛나고 있었다. 그가 제갈선우의 곁에 앉아 몸을 살피기 시작했다.

"으흠?"

그는 뭔가 이상함을 느꼈다. 주화입마에 당한 제갈선우의 맥이 이상했던 것이다.

"정말 제갈선우가 주화입마에 당한 것이 맞느냐?"

"네, 아버님은 폐관수련에 들어가셔서 주화입마에 당했다고 들었습니다."

"흠……."

이지광은 자신이 알고 있는 바를 제갈린에게 설명하기 시작했다.

"주화입마를 당하면 몸에 있는 기운이 걷잡을 수 없이 요동을 하게 된다. 그것을 통제하지 못하기 때문에 주화입마를 입게 되는 것이고, 그런 기운은 잡힐 때까지 환자의 몸을 요동치며 돌아다닌다. 간혹 주화입마를 입은 자들이 폭주를 하는 까닭도 그것이다. 이성은 없지만 몸에 있는 기운을 다스리지 못해서 폭주를 하게 되는 것인데, 지금 제갈선우의 몸에서는 그런 기운이 전혀 느껴지지가 않는다."

"예? 그것이 무슨 말씀이신지?"

제갈린은 그 말을 도무지 이해를 할 수가 없었다. 그렇다면 다른 의원들이 왜 그것을 몰랐겠는가?

날고 긴다고 하는 중원 의원들 대부분이 제갈세가를 다녀간 상태였다. 그런 이들이 설마하니 주화입마가 맞는지 아닌지도 구분을 못하겠는가?

"미세한 차이를 보인다. 지금 제갈선우의 몸에서 요동치고 있는 것은 내기가 아니라 독의 기운이다."

"도, 독이라고요?"

제갈린은 독이라는 말에 소스라치게 놀랐다. 어찌 제갈선우가 독에 당할 수가 있단 말인가?

더군다나 폐관수련이라 함은 제갈세가 내에서 행해지는 일이거늘, 그 누가 제갈세가 내에서 독을 펼칠 수 있더란 말인가?

"어찌 되었건 이건 독에 중독된 것이다. 독만 말끔히 제거한다면 다시 일어설 수 있을 테니 걱정 말거라."

"가, 감사합니다, 어르신!"

제갈린은 고개를 숙이며 감사를 표했다.

'문제군. 감히 누가 이런 운지독(殞鷙毒)을 쓴단 말인가?'

운지독이란 지극히 악독한 독이 아닐 수 없었다. 운지독은 무인에게 있어서 가장 치명상을 안겨 주는 독으로, 이 독에 중독된 이들은 자신들이 독에 중독된 줄도 모른다. 말 그대로 무형지독! 하지만 더 심각한 것은 이 운지독에 중독되면, 내공을 운용할 시에 곧장 주화입마와 같은 현상을 겪게 된다. 때문에 대부분의 이들은 이것이 주화입마라고 생각해서 주화입마에 관한 의술만 펼쳐 오히려 환자를 죽음으로 몰고 가게 된다.

만왕약선이 아니라면, 이것이 운지독이라는 걸 아는 이들은 아무도 없었을 것이다.

'중원에 또 다른 피바람이 불려고 하는 것인가?'

그는 제갈선우가 운지독에 당한 시점에 지보탄부송이 무림에 흘러나온 것. 이 두 가지가 과연 우연의 일치일까 하는 의문을 품게 되었다.

*　　*　　*

'제길, 도망쳐야 하나? 이 남궁연이?'

남궁연은 자존심이 매우 강한 남자다. 그러나 죽음까지 불사를 정도의 자존심은 없었나 보다.

하지만 중요한 것은 지금 이 자리에서 결판을 내느냐 마느냐의 문제였다.

해무겸의 경우 이들을 상대로 승리를 장담할 수는 없는 입장이었다. 막상 승리를 한다고 하더라도 그도 크게 다칠 것이 뻔했다.

남궁연 역시 다르지 않았다. 그 역시 해무겸을 상대로 확실한 승리를 보장할 수가 없었던 것이다.

'그래! 어차피 해무겸 이 녀석 역시도 지보탄부송을 바란다고 했었다. 그렇다면 녀석이 나의 일을 발설하진 않겠지! 그때는 자신도 자폭하는 꼴이 될 테니까! 어차피 지보탄부송은 더 이상 손쓸 수가 없게 되었다. 어쩔 수 없지. 우선 목숨이라도 건지고 보자.'

그들은 만왕약선의 말대로 네 시진이 지난 후 몸을 가눌 수 있었다. 또한 내공도 원래대로 돌아왔기 때문에 큰 무리는 없었다.

그때 남궁연이 먼저 입을 열었다.

"그만 서로 갈 길을 가는 것이 어떻겠소?"

"무슨 소리냐?"

남궁연의 말에 해무겸이 차갑게 입을 열었다.

"어차피 우리들의 목적은 지보탄부송이었소. 그런데 그 녀석이 섭취해 버렸으니, 이미 모든 것이 끝나 버린 것이나 다름이 없소. 그 녀석을 잡아서 배를 가른다고 하더라도 이미 지보탄부송은 흡수되어 버렸을 테니 말이오. 그렇다면 우리가 굳이 이 자리에서 서로 이를 갈며 싸우지 않아도 되는 것이 아니겠소?"

"크크, 왜? 죽을 생각을 하니 두렵느냐?"

해무겸은 남궁연을 보며 차갑게 비웃었다.

"지금 그 말에 대한 의미가 무엇인지 아시오? 당신도 지쳤을뿐더러, 화산의 제자들도 지쳤소. 저들이 아무리 날고 긴다고 해 봐야 수적으로 열세요. 결국은 모두가 죽게 되고, 저들은 나를 돕게 될 것이오. 그렇다면 과연 승리는 누구에게 올 것 같소?"

 남궁연의 말대로 화산의 제자들은 매우 지쳐 있는 상태였다. 만약 사고진이 다섯 명의 복면인들을 죽이지 않았다면, 벌써 저들은 차가운 시신이 되어 있을지도 모르는 일이었다.

 "그러니 이만 끝내자는 것이오. 어차피 서로에게 득이 될 것은 없지 않소?"

 "네 녀석이 곱게 간다고 어떻게 보장할 수 있나?"

 "큭큭. 걱정 마시오. 남궁세가의 이름에 걸맞게 행동할 테니까."

 "웃기시는군. 남궁세가의 이름에 걸맞게 행동해서 지보탄부송을 가로채려고 복면까지 하고 나타나셨나?"

 으득!

 그 말을 들은 남궁연이 다시 분노를 느꼈지만 참을 수밖에 없었다.

 "아무튼 없었던 일로 하는 것으로 알겠소."

 남궁연은 그대로 등을 돌렸다. 만약 해무겸이 결말을 보려고 했다면, 이러한 수다는 떨지 않았을 것이다. 이미 검이 날아와도 수십 번은 날아왔을 테니까.

 그들은 각기 등을 돌려 자신들이 가는 방향으로 돌아갔다.

 '빌어먹을 사고진! 그 녀석이 지보탄부송을 먹어 버릴

줄이야! 그 빌어먹을 거지! 이게 다 그 녀석 때문이야! 언젠가는 반드시 복수를 해 주마!'

해무겸은 두 사람을 생각하며 이를 악물었다.

* * *

얼마간의 시간이 지나고 나서 사고진은 몸을 추슬렀다. 지보탄부송의 효과로 인해 그는 상쾌한 기분으로 단잠에서 깨어났다.

"음……"

그리고 몸에서 느껴지는 야릇한 기운을 맛보았다. 이것은 지금까지 자신이 느껴 보지 못한 기운이었다.

그의 마지막 기억은 복면인으로부터 하복부를 공격당한 것이었다. 극렬한 통증에 정신을 잃었는데, 눈을 떠 보니 너무나 화사한 침실에서 깨어난 것이다.

달칵.

그때 누군가가 문을 열고 들어섰다.

"어머? 소협, 깨어나셨군요?"

제갈린이었다. 예전보다 더욱 아름답게 차려입은 모습에 사고진은 또다시 멍한 시선으로 그녀를 주시했다.

"아…… 제가 어떻게 된 것인가요?"

그 말에 제갈린은 사고진에게 있었던 일들을 모두 설명

해 주었고, 지보탄부송에 대한 이야기도 해 주었다.

"제, 제가 지보탄부송을 섭취했다고요?"

놀라지 않을 수 없었다. 지보탄부송에 대한 이야기도 들었기에, 그것이 얼마나 대단한 것인지도 너무나 잘 알기 때문이었다.

"아마 만왕약선 어르신이 아니셨다면 소협이 지보탄부송을 섭취할 수도 없었겠지요."

"만왕약선?"

어렴풋이 들은 기억이 났다. 한때 백연이 한 말. 당대 최고의 의원이라고 일컬어지는 만왕약선! 그 이름이 지금 여기서 거론되고 있는 것이다.

"대체 그분이 왜 제게……?"

"글쎄요? 그건 오시면 직접 물어보는 게 좋을 듯하군요. 어서 이 소식을 만왕약선 어르신께 전해 드려야 할 듯해요."

제갈린은 그대로 문을 열고 나갔다.

'만왕약선 이지광…… 대체 누굴까?'

그는 도통 알 수가 없었다. 그리고 얼마 지나지 않아 거지가 문을 열고 들어섰다. 그의 차림새도 한때 거지였던 것에 비해서 꽤나 점잖은 모습으로 바뀌어 있는 상태였다.

"할아버지!"

"허허, 그래. 몸은 좀 괜찮으냐?"

 웃으며 사고진을 바라보는 이지광의 뒤에서 제갈린이 나타나며 말했다.

 "이분이 만왕약선 이지광 어르신이세요."

 "예에?"

 지금까지 보잘것없다고 생각한 거지가 만왕약선이라니? 지금 이 말을 어찌 믿어야 한단 말인가?

 하지만 제갈린이 거짓말할 이유도 없을뿐더러, 지금 자신의 몸에서 흘러넘치는 기운을 본다면 의심을 하고 있을 여유가 없었다.

 사고진은 자리에서 일어나 이지광에게 절을 하며 말했다.

 "목숨을 구해 주신 은혜 어찌 보답해 드려야 할지……."

 "허허. 이 녀석아, 이미 나도 빚을 진 마당에 무슨 은혜라고 할 것이 있겠느냐?"

 한때 굶어 죽을 뻔한 자신을 살려 준 것에 대한 보답으로 지보탄부송과 그에게 치료를 해 주었다. 하지만 이것은 빚을 갚은 것치고는 너무나 파격적이지 않을 수 없었다.

 "그, 그런데 소저의 아버님은?"

 지보탄부송이 제갈선우를 치료할 수 있는 영약이었다는 것이 문득 생각난 사고진은 난처한 듯 그녀를 바라보며 물었다.

"이미 만왕약선 어르신께서 저희 아버님도 치료해 주셨어요. 얼마 지나지 않아서 아버님 역시 자리를 털고 일어나실 거예요."

그녀의 웃는 얼굴에 사고진은 정말 다행이라는 듯 안도의 한숨을 내쉬었다.

"그만 쉬도록 하려무나."

"아, 아닙니다. 이미 완쾌된 것 같은데요?"

"허허? 역시 젊음이란 좋은 것이군. 내가 생각한 것보다 더 빨리 자리를 털고 일어났으니 말이다."

예상한 것보다 더 빨리 깨어난 사고진의 모습에 이지광은 너털웃음으로 그를 바라보았다. 잠시 후 그들이 담소를 나누고 있는 사이 제갈마운과 제갈마성이 들어왔다.

그들은 정신을 차린 사고진을 보고 포권을 취하며 말했다.

"우리 린아를 도와준 점 정말 감사하오."

"덕분에 신세를 졌소이다."

그들은 예를 갖춰 사고진에게 감사를 표했다. 그들이 숲을 내려온 후 마음고생 했던 것을 생각하면 당장 엎드려 절이라도 하고 싶은 심정이었다.

"아, 아닙니다. 당연히 해야 될 일을 했을 뿐입니다."

"그런 말씀 하지 마시오, 소협. 그들은 상당한 고수였소. 그런 고수를 상대로 소협이 나섰다는 것만으로도 존경을 받을 수 있소."
 그들은 포권을 풀며 사고진을 바라보았다.
 이제 약관 정도의 어린 나이에 어찌 그런 용기가 나왔단 말인가? 또한 제갈린의 말에 따르면 그는 상당한 무위를 지녔다고 했다. 이런 어린 소협을 과연 누가 길러 냈단 말인가?
 그들은 아직까지 제갈린에게서 뇌격궁 백연의 제자라는 것을 듣지 못한 상황이었다.
 "혹시 사문이 어떻게 되는지 물어봐도 되겠소?"
 제갈마성이 입을 열었고, 그에 사고진은 정중하게 대답했다.
 "뇌격궁 백연이 저의 사부님 되십니다."
 그 말을 들은 이들은 크게 놀랐다. 설마하니 뇌격궁 백연의 제자일 줄이야 누가 생각이나 했겠는가?
 "오오! 그렇군. 그렇다면 그 궁은 자현궁이오?"
 "네, 이것이 바로 자현궁입니다."
 침소맡에 놓여 있는 거대한 자현궁을 보며 제갈마성과 제갈마운은 감탄을 금치 못했다.
 당대에 궁 하나만으로도 일류무인의 입지를 탄탄히 지키고 있는 백연이 아니던가?
 "요즘 백연 어르신은 어떻게 지내고 계시는지오?"
 "청해 산에서 자연을 벗 삼아 지내고 계십니다."

"아…… 그렇군. 언제 한 번 기회가 되면 찾아뵈어야 할 텐데……."

그들이 백연을 언제 봤다고 찾아뵈려 하겠는가? 단지 사고진이 있기 때문에 예의상 한 말일 뿐이었다.

그들은 얼마 지나지 않아 사고진만을 침소에 놔두고 모두 물러갔다.

사고진은 침소에 앉아 운기를 하기 시작했다.

'예전에 비해서 상당한 양의 내공이다! 이 정도라면 족히 일 갑자 가까이에 다다른 것 같은데?'

그의 본래 내공은 반 갑자 정도밖에 미치지 않은 상태였다. 하지만 지보탄부송을 섭취한 후, 갑작스럽게 일 갑자에 해당할 정도의 내공을 얻은 것이다.

또한 이지광의 말에 따르면 지보탄부송의 흡수가 완전하게 끝나려면 멀었다는 것이다. 수시로 운기조식을 해주면서 지보탄부송의 기운을 몸에 흡수하게 되면, 이 갑자 이상의 내공이 축적된다고 한 바 있다.

'만약 내가 더 좋은 심법을 알 수만 있었다면 더 빠른 흡수를 할 수 있었을 테지.'

그동안 크게 욕심이 없던 사고진은 해무겸을 통해서 욕심이 생기기 시작했다. 그렇다 보니 이러한 행운을 빌어 더욱 강해지고 싶은 욕구도 형성이 되면서 욕심이 생기기 시작했던 것이다.

'아버님과 사부님이 얼마나 대단한 사람인지를 내가 기필코 무림에 알리고 말겠다. 궁이 최하급의 병기가 아닌 최고의 병기라는 것을 내가 만천하에 알리리라!'

그렇게 다짐하며 사고진은 운기조식에 빠져들었다.

시간이 지나고 제갈선우가 눈을 떴다. 그는 자신의 앞에 있는 만왕약선에게 고개를 숙여 감사했다.

"정말 감사합니다. 이렇게 세가에까지 찾아와 주셔서 저를 치료해 주신 점…… 어찌 은혜를 갚아야 할지……."

"허허, 은혜라고 할 것이 무엇이 있나? 오히려 어렵게 구한 지보탄부송을 내가 사용했기 때문에 은혜를 입은 것은 내 쪽이지."

지보탄부송의 소중함을 알기 때문에 이지광은 오히려 미안함을 표현하고 있었다. 그러다 문득 궁금함을 느껴 다시 제갈선우에게 말했다.

"그런데 지보탄부송을 얻게 된 경로가 무엇이오?"

"제가 운지독에 중독된 후에 정신을 잃기 전 누군가가 찾아왔습니다. 다 쓰러져 가는 제갈세가를 살릴 길은 천고의 영약 지보탄부송을 얻는 것이라고요."

이미 자신의 병명이 주화입마가 아닌 운지독이라는 것을 들었기 때문에 제갈선우는 그에 대한 이야기를 하기 시작했다. 그런데 중요한 것은 누군가가 지보탄부송에 대한 정보를 주었다는 것이다.
 무림이라면 정보에 관해서는 가장 뛰어난 흑룡방이 존재한다. 흑룡방은 무림의 모든 정보가 들어오는 장소이고 그곳에서의 정보는 값비싸게 거론된다.
 그런데 흑룡방에서조차 모르는 정보를 한 나그네가 알고 있다?
 "대체 그가 누구요?"
 "그는 천상회의 인물이었습니다."
 "천상회?"
 천상회라면 요즘 들어 세력이 점점 커지기 시작하면서, 구대문파를 압도할 수 있는 영향력을 가진 단체였다.
 아직 천상회의 인물로는 누가 있는지 알 수도 없을뿐더러, 천상회주가 누군지도 알 수 없었다.
 비밀스러운 단체이지만 이 천상회는 점차 무림에 자신들의 입지를 넓혀 가고 있었다.
 "천상회의 인물이 대체 이곳에는 왜 나타난 것이오?"
 만왕약선의 질문에 제갈선우가 잠시 껄끄러운 듯한 얼굴을 했다. 아무래도 말하기 조금 힘든 부분이 있는 듯했다.
 "흠…… 세가에 대한 일이라면 더 이상 묻지 않겠소. 아무튼 지보탄부송의 정보는 천상회에서 나왔다 이것이오?"
 "그렇습니다."

만왕약선은 더 이상 질문을 하지 않았다.

'천상회가 중심에 있단 말인가? 무림의 요동은 천상회로부터 시작이 되는군.'

사실 그동안 지보탄부송의 정보는, 제갈린이 지보탄부송을 손에 넣기 전부터 이미 무림을 떠돌기 시작했다.

그렇다는 것은 천상회에서 일부러 이 정보를 흘려보낸 것이라고밖에는 표현할 수가 없는 부분이었다.

'천상회……. 과연 그들은 누구인 것인가?'

만왕약선은 그들의 정체가 궁금했으나 더 이상 무림사에 관여하고 싶지 않았다.

그는 단지 사람들을 고치는 것이 자신의 의무라고만 생각했다. 비록 만왕약선이라는 별호를 가지게 되었지만, 자신이 의도한 바는 아니었다.

이후 제갈선우는 몸을 추스른 후 사고진을 만나 보기로 했다. 지보탄부송을 섭취했다면 자신의 세가에 큰 도움을 안겨 줄 수 있기 때문이었다.

사고진은 세가 사람들의 발길이 뜸한 대나무 밭에 와 있었다. 이 대나무 밭은 세가의 건물 뒤편에 위치한 곳으로 그 넓이만 해도 백 장에 이를 만큼 상당한 크기를 자랑하고 있었다.

이런 곳에 사고진은 자현궁을 들고 서 있었다.

파앙~!

만왕약선(萬王藥仙) 211

그의 손에서 시위가 당겨졌다. 하지만 시위에는 화살이라고는 올려져 있지 않았다. 그런데도 그에게서 십 장 정도 떨어져 있는 대나무가 파괴되는 것이 아닌가?

 그 사이의 대나무들에는 아무런 변화도 없었다. 단지 그 대나무만이 파괴될 뿐이었다.

 '이것이 통기(通氣)!'

 통기라는 것은 시위에 아무것도 올려놓지 않은 상황에서 기만으로 목표를 파괴하는 것을 말한다. 하지만 이것은 궁기를 발출할 수 있을 때의 이야기이다. 이런 통기는 배움을 통해서 한 단계 더 나아가, 지금 사고진이 시전한 것처럼 자신이 목표한 목표물만 정확하게 파괴할 수 있었다.

 통기를 사용하기 위해서는 오로지 궁기만으로 수련을 해야 하고, 화살을 시위에 올려놓아서는 안 된다.

 이런 통기는 백연에게 배우게 되었지만, 그 당시 사고진으로서는 내공이 부족하여 엄두도 내지 못한 일이었다.

 그런데 지금 사고진은 그런 단계를 앞질러 바로 목표물을 파괴할 수 있는 단계에 이르렀던 것이다.

 '하지만 이 정도로 타격을 줄 순 없지.'

 비록 대나무가 파괴되었다고는 하지만 이 정도의 위력으로는 무인에게 큰 상처를 안겨 줄 수 없었다.

 고작해야 방망이로 강하게 내려친 정도랄까? 무인들이 과연 일반인이 방망이로 내려친다고 해서 얼마나 큰 타격을 받겠는가?

 지금 사고진이 사용한 것이 바로 그 정도의 위력이었던 것이다. 하지만 이 정도만으로도 충분히 대단하다고 할 수 있었다.

 몇 십 년을 궁에 모든 것을 바친 백연 역시도 고작 이 정도가 한계였으니 말이다.

 "더 강력한 힘을 지니기 전까지는 아무짝에도 쓸모가 없겠군."

 누가 들었다면 허탈한 웃음을 내보이지 않을 수 없는 말이었다. 통기라는 것은 무인들이 사용하는 통배권과도 같은 이치이다. 이런 통배권을 익히기 위해서도 많은 수련이 필요한데 고작 하루 만에 해낸 사고진이 이렇게 말하고 있으니, 당황하지 않을 무인이 누가 있겠는가?

 사고진이 그렇게 대나무 숲에서 수련하고 있을 때, 발자국 소리가 들렸다. 사고진은 소리가 들린 방향으로 고개를 돌렸다. 경계할 이유는 없었다. 자신을 감시하는 것도 아니고, 떳떳하게 걸어오는 발소리였기 때문이다. 더군다나 한두 명의 소리도 아니었고, 이곳은 제갈세가의 뒤뜰이 아니던가?

 모습을 나타낸 이는 제갈선우와 만왕약선, 그리고 제갈린을 포함한 제갈세가의 식솔들이었다.

 "소협이 지보탄부송을 섭취했다는 사고진인가?"

"예…… 그렇습니다. 죄송하게 되었습니다."

"허허, 아닐세. 어차피 내 병을 고치기 위한 것이었고, 이렇게 내 병이 나았다면 된 것이지. 더군다나 내 딸아이의 생명의 은인이라고 들었는데, 어찌 지보탄부송 같은 것으로 내가 빚을 다 갚을 수 있단 말인가?"

제갈선우의 눈빛엔 진심이 담겨진 듯했다. 자신에게는 하나뿐인 금지옥엽 제갈린. 그런 딸아이를 살려 준 자를 위해서 지보탄부송을 소비한 것이 뭐가 대수란 말인가?

"그런데 수련을 하고 있었던 건가?"

그는 주변을 둘러보며 말했다. 대나무 이곳저곳이 파괴된 모습이 눈에 들어왔다.

"예……."

"허허, 그렇지. 아무래도 내공이 증가했을 테니 무공이 얼마나 상승했는지 알고 싶었을 테지."

그는 무인이었기에 그러한 마음을 잘 알고 있었다.

"이러고 있을 게 아니라 들어가서 이야기를 나누도록 하세."

그는 사고진을 앞세우고 세가로 다시 향했다.

"올해 나이가 어떻게 되는가?"

"금년 열여덟 살입니다."

"오호? 그렇군. 우리 린이와 같은 나이군."

곁에서 듣고 있던 제갈린이 살짝 얼굴을 붉혔다. 제갈선우는 지금 이 자리에서 한 가지를 확실히 해 두고 싶었다.
"뇌격궁 백연 선배의 제자라 들었네. 이제 앞으로 어떻게 할 생각인가?"
"사부님의 말씀에 따라 낙성문으로 갈 생각입니다."
"낙성문? 거긴 왜 가려고 하는 것인가?"
"저도 자세한 건 잘 모릅니다. 하지만 사부님께서 일을 끝마친 후, 낙성문으로 가라고 하셨습니다. 그곳에 가면 제가 할 일이 있다고 하셨습니다."

낙성문으로 간다는 소리에 제갈선우의 얼굴빛이 잠시 어두워졌다. 사고진을 보고 있으니, 예절과 인성이 바른 아이 같았다. 그런 아이라면 제갈린에게 아까울 게 없는 듯 보였다.

얼굴도 준수한 편일 뿐더러 열여덟 살이라는 나이에 일갑자의 내공을 지니고 있다는 것은 당대 최고라고도 할 수 있으니까 말이다. 만약 사고진이 제갈세가에서 머무른다면 이후 제갈세가의 앞날이 밝을지도 모른다는 것이 그의 생각이었다.

그런데 낙성문으로 간다면 분명 그곳에서 머무를 것이 명확했던 것이다.

'흠……. 이런 아이가 린이의 배필이 되어서 나쁠 것은 없지. 더군다나 세가의 기둥이 흔들릴 정도의 막대한 자금을 들였는데, 그것을 남의 문파에 갖다 바치는 꼴이

될 순 없지 않은가?'

그는 사고진이 마음에 들었다. 아직 그의 내력에 대해서 아는 것은 없었으나, 백연의 제자라는 것만으로도 이미 모든 생각은 끝난 상태였다.

백연이라면 정사의 중립 입장이었기에 그런 그의 제자가 제갈린과 혼인을 하더라도 크게 문제 될 것은 없었던 것이다.

그래도 무림에서 이름 있는 제갈세가가 별호 하나 없는 젊은이를 마음에 두고 있다는 것이 의문이지만, 무림은 언제나 강한 힘이 법이다. 이제 열여덟인 이 젊은이가 앞으로 커 나간다면 얼마나 강한 힘을 얻게 되겠는가? 그것을 알기 때문에 제갈선우는 사고진을 이렇게 내버려 둘 수가 없었다.

"그럼 언제쯤 갈 생각인가?"

"오늘이라도 당장 떠날 생각입니다."

"헉? 오늘 말인가?"

갑작스레 떠난다는 말에 제갈선우가 급히 그를 말렸다.

"이거 그렇게는 못하네. 아무리 그래도 딸아이의 은인인데, 이렇게 바로 보낸다면 무림 전체가 제갈세가를 욕할 것이네. 그러니 며칠만 머물도록 하게나."

사고진은 약간 멋쩍은 듯 아무런 말도 하지 못했다. 그런데 그때 만왕약선 이지광이 곁에서 말했다.

"이 녀석아. 고민할 게 뭐가 있겠냐? 어차피 낙성문에 가서 당장 할 것도 없다면 그냥 며칠 쉬다가 가려무나. 나도 네 녀석 때문에 술이나 좀 원 없이 마셔 보자."

이지광의 말에 사고진은 고개를 숙이며 제갈선우에게 말했다.

"알겠습니다. 그럼 며칠 신세를 지도록 하겠습니다."

"허허, 고맙네! 있는 동안 내 집처럼 생각하면서 푹 쉬다가 가도록 하게나. 갈 때 내가 여비도 두둑하게 주겠네."

"아, 아닙니다. 그런 걸 바란 것은 아닙니다."

제갈선우의 얼굴에 미소가 떠올랐다. 그 모습을 보면서 만왕약선 역시 미소를 지었다.

'헐헐, 자신이 하지 못한 것을 고진에게 대신하게 할 참인가? 허허…… 뭐 어떤가? 어차피 고진에게는 좋은 일이 될 테니.'

이미 제갈선우가 바라는 것을 잘 알고 있는 이지광이었기에 그저 웃으며 술을 입에 댈 뿐이었다.

第六章 혼약(婚約) — 낙성운의 이름은 사라질 것이다

"뭐라고요? 그게 사실입니까?"

"그렇다네. 하마터면 모두가 위험할 뻔했다네."

이지광은 제갈선우와의 자리에서 그간 있었던 일들을 털어놓기 시작했다.

"허, 아무리 그래도 정파의 기둥인 화산이…… 그것도 매화검수 해무겸이 그런 파렴치한 생각을 하고 있을 줄이야."

그는 해무겸이 목표한 바를 제갈선우에게 말해 주었고, 큰 위험에서 벗어나게 해 준 이지광에게 제갈선우가 다시 감사의 인사를 했다.

"정말 감사합니다. 선배님이 없었다면 큰일 날 뻔했습니다."

"감사는 무슨. 어차피 고진이 때문에 이렇게 인연이 된 것 아니겠는가?"

 이지광은 큰일이 아니라는 듯한 얼굴로 다시 술을 마시기 시작했다.

 "그런데 그 고진이라는 아이에게 왜 그렇게 관심을 쓰시는 것인지……?"

 "허? 티가 나나?"

 "아무래도…… 많이 나지요."

 제갈선우는 이지광이 그를 각별히 대하고 있다는 것을 알고 있었다. 그렇지 않고서야 어찌 하는 말마다 사고진의 이야기뿐이겠는가?

 매일같이 사고진을 찾아가서 웃고 이야기하며 노는 것이 그의 하루 일과나 다름이 없었다.

 "내 손주 같아서 그러네."

 "손주요?"

 "그렇다네. 나에겐 오래전에 고진이만 한 손주가 있었지. 하지만 그 당시에 나는 그 아이의 병을 치료하지 못했네. 그렇게 녀석을 떠나보내고 나서 고진이를 만났는데, 내 손주와 많이 닮았더군. 그러다 보니 신경이 많이 쓰일 수밖에."

 "그러시군요……."

 제갈선우는 머리를 빠르게 돌리기 시작했다.

 '그렇다면 선배는 사고진과 함께할 것이라는 소리가

된다. 만왕약선의 이름만 빌리더라도 제갈세가의 입지가 다시 상승하는 것은 시간문제!'

어차피 사고진을 자신의 사위로 맞이하려는 것이 제갈선우의 생각이었다. 물론 사고진의 생각이 어떠한지는 중요하지 않았다. 그 이유는 바로 그가 아무런 대가도 없이 제갈린을 위해 산동까지 왔기 때문이었다.

'흐흐, 이제 린이의 말만 들어 보면 될 것 같군?'

그는 즐거운 듯 만왕약선과 술잔을 기울였다.

*　　　*　　　*

"이것이 무엇이냐?"

"낙성혼의 그동안의 행적을 조사한 것입니다."

하나의 두루마리를 내미는 무사. 그는 자신의 앞에 있는 약관 정도의 청년을 바라보며 허리를 굽혔다.

이는 매우 절도 있는 동작이었으며, 그의 앞에 있는 젊은 청년은 기품이 흘러넘치고 있었다. 그의 안광은 매우 밝게 빛나는 것이 마치 모든 것을 꿰뚫어 보는 듯한 청아한 눈을 소유하고 있었다.

"낙성혼이 요즘 모습을 보이지 않더니, 이것이 그 이유였나?"

"그런 듯합니다. 요즘 들어 낙성혼은 낙성문의 세력을

강화하면서 저희에게 고하지 않고, 재력을 축적하면서 낙성문하생들과 더불어 고수들을 가담시키고 있다고 합니다."

낙성혼. 그는 무림에서 낙성문주로 통한다.

낙성문은 무림에서 입지가 그렇게 큰 문파는 아니었다. 하지만 최근 들어서 낙성문에 고수들이 많이 초빙이 되는가 하면, 낙성문에 몸을 담는 자들도 늘어나기 시작했다.

그러기 위해서 많은 자금을 끌어모아야 했기에, 낙성문은 표국의 일까지 도맡아 해 왔던 것이다.

사실 낙성문의 가장 큰 수입원은 바로 표국이었다. 그러나 그들의 표국에는 엄연히 한계가 있었다. 무림의 큰 문파나 세가들이 대부분을 차지하고 있었기 때문이다.

그런데 낙성문은 최근에 충돌을 감행하면서까지 표국의 일을 차지하려고 나서기 시작했으며, 표국과 더불어 다른 일들 또한 많이 행한 것으로 드러났다.

그러나 이러한 재력과 세력을 축적하기 위해서는 반드시 지금 이들에게 보고를 했어야 했지만, 그 어떠한 보고도 하지 않은 채 자신만을 위해 이 일들을 행해 왔던 것이다.

"훗, 결국 낙성혼이 혼자서 일어서 보고자 했단 말인가?"

"그런 것 같습니다. 아무래도 배신을 한 것 같다는 생각도 듭니다."

"그러면 조금 더 자세한 정황을 알아보도록. 만약 이것이 사실이라면 내가 직접 나서서 낙성문을 괴멸시켜 버릴 것이다."

청년은 당당하게 말했다. 그 기세에 눌려 그의 앞에 있던 이는 등줄기로 땀을 흘려야만 했다.

이제 약관으로 보이는 나이에 그 정도의 기개가 나올 수 있다면 그는 범상치 않은 인물임이 분명했다.

화르르륵~!

그런데 더욱 놀라운 것은 그의 손에 들려 있던 두루마리가 허공에 떠오르더니 그대로 불타 버린 것이다.

삼매진화의 경지! 물건을 허공에 떠올리고 그것을 태워 버리는 것은 초절정무인만이 할 수 있는 능력이었다.

'멍청한 낙성혼 녀석……. 네 녀석은 곧 신화이자 지옥을 목격하게 될 것이다.'

청년의 앞에 있는 자는 허리를 굽힌 채 청년의 모습을 기억에서 지우지 못했다. 지금까지 여러 명의 대단한 인물들을 보아 왔으나, 지금처럼 강력한 힘을 가진 이를 본 적은 없었기 때문이다.

* * *

"린아, 아비랑 이야기 좀 하지 않으련?"
"아버님, 어쩐 일로 이 밤중에?"
비단에 수(繡)를 놓고 있던 제갈린은 자신의 침소로 찾아온 제갈선우를 반갑게 맞이했다.
"음…… 다름이 아니라 말이다……."
생전 처음으로 꺼내게 될 이야기에 그는 좀처럼 쉽게 입을 열지 못했다.
"아버님, 무슨 일이신데 그러세요?"
제갈선우가 뜸을 들이자 제갈린이 재촉했다.
"흠흠…… 그래. 어미를 여의고도 이렇게 어여쁘게 컸구나."
"호호, 새삼스럽게 무슨 말씀이세요? 전 어머니가 기억도 나지 않는걸요. 어렸을 때 어머니가 돌아가셔서 저는 아버님의 손에 컸으니까요."
제갈린의 어머니는 그녀가 어렸을 때 먼저 세상을 뜨고 말았다. 워낙 병약했는데, 그녀를 낳은 후 제대로 기력을 회복하지 못했기 때문이다.
그런 탓일까? 제갈린은 어려서부터 단전이라는 것이 존재하지 않았다. 그렇다 보니 그녀는 무공을 익힐 수도 없었던 것이다. 하지만 무공을 익히지 못하는 몸이라 하나, 그녀의 뛰어난 머리는 제갈 조상들의 능력을 그대로 물려받았다.

"너를 보면 너의 어미가 많이 생각나는구나."

제갈선우의 아내는 상당한 미모를 자랑했었다. 그런 그녀의 모든 것을 물려받은 제갈린이었기에 제갈선우에게는 그녀가 더욱 소중할 수밖에 없었다.

"언제까지 너를 내 곁에 둘 수 없다는 것은 알고 있다. 너도 이제 혼인기에 들어섰으니, 슬슬 배필을 준비해야 되지 않을까 싶구나."

"어머? 아버님도 참……."

아직 십팔 세의 나이라면 결혼을 한다는 것이 이르다고 말할 수도 있다. 그러나 그 나이에도 혼인을 하는 이들이 더러 있었다. 손이 귀한 집안이라면 더더욱 그렇고 말이다.

그녀는 얼굴에 홍조를 띠었다. 아무래도 부끄러운 모양이었다.

"그래서 이 아비가 점찍어 둔 사내가 있단다."

"네? 설마……?"

그의 말이 흘러나왔을 때, 제갈린은 어렴풋이 머리를 스치고 지나가는 한 인물이 있었다.

"그래, 너도 잘 아는 사고진이라는 아이다."

"……."

제갈린은 더 이상 입을 열지 않았다.

"사고진이라는 아이는 참으로 심성이 착하더구나. 더

군다나 뇌격궁 백연의 제자라면 더 이상 물을 것도 없고 말이다. 앞으로 무림을 이끌어 갈 재목이 아닐 수 없더구나. 이야기를 들어 보니 부모도 일찍 여읜 것 같고……."

제갈선우는 사고진의 이름을 밝힌 후, 그에 대한 자신의 소견을 늘어놓았다. 그러면서도 그녀와 사고진의 공감대를 형성시키려 하고 있었다.

"지금 당장 너에게 혼인을 하라는 것은 아니다. 다만 그가 마음에 든다면 약혼 정도는 하는 게 어떨까 하는구나."

"아버님의 뜻대로 따르겠습니다."

그런데 뜻밖에도 제갈린이 바로 수긍을 하는 것이 아닌가?

"이미 저는 그분에게 은혜를 입은 몸입니다. 제가 그분의 여자가 될 수 있다면 오히려 저에겐 복이지요. 그리고 그분으로 인해서 저희 세가가 다시 일어설 수만 있다면……."

제갈린은 바보가 아니다. 왜 제갈선우가 아직까지 나이도 다 차지 않은 그녀를 사고진과 약혼하게 하려는지 그 이유는 금방이라도 짐작할 수 있었다.

"미, 미안하구나……."

"아닙니다, 아버님. 언젠가는 혼인을 해야 할 날이 올 것이라 생각하고 있었습니다. 오히려 그분이 사고진 소협이라는 것이 더 다행으로 여겨지네요."
 순박하고 착한 그의 모습이 제갈린의 마음을 사로잡았다고는 말하지 못했다. 이미 그녀도 사고진에 대해서는 어느 정도 마음이 있었던 것이다.
 "그럼 사고진이 제갈세가를 떠나기 전에 약혼식을 치르는 것이 어떻겠느냐?"
 "아버님 뜻대로 하세요."
 그녀는 차분한 눈으로 제갈선우를 바라보았다.
 "이리 오렴, 내 딸아."
 제갈선우는 조심스럽게 그녀를 포옹했다.
 '어려서부터 아내처럼 언제나 내 뒤를 받쳐 주던 너였는데…… 마지막에는 결국 너를 이용하는 몹쓸 아비가 되고 말았구나.'
 언제나 자신의 곁에 있어 줄 제갈린이 아니라는 것은 알고 있었다. 하지만 무엇 하나 부족할 것 없고 행복한 가정을 꾸리게 만들어 줄 것이라는 게 바로 제갈선우의 다짐이었다. 하지만 제갈세가를 위해서 그러한 배필을 늦게 찾는 것보다 미래가 창창한 사고진을 점찍게 된 것이다.
 그 이유야 당연히 지보탄부송에 모든 것을 걸고 있다고 해도 과언은 아니었다.
 당대 무림에서 일 갑자를 넘는 위인이 과연 몇이나 있

겠는가? 하물며 사고진은 이 갑자 이상을 넘볼 수도 있을 것이니, 그가 최고의 고수 자리에 오르는 것도 머지않은 일이었다.

"아버님, 한 가지 부탁이 있어요."

"무엇이더냐?"

"약혼식 문제는 제가 직접 소협에게 말하게 해 주세요."

"그래, 알았다."

제갈린은 그가 이러한 문제를 어떻게 받아들일지가 문제였다. 어쩌면 상당히 불쾌한 문제가 될 수도 있는 것이었기에 조심스럽게 그녀가 물어볼 심산이었던 것이다.

* * *

"그것이 정녕 사실이란 말이냐!"

화산은 한바탕 큰 소란이 일어났다. 매화검수 해무겸이 제갈린이 소지한 지보탄부송을 빼앗으려고 했다는 전갈이 왔기 때문이었다.

아무리 그래도 이러한 말을 농담으로 할 정도로 제갈선우가 어수룩하진 않았다.

그 전갈을 받은 화산 장문인은 급히 해무겸을 불렀다.

"당장 가서 해무겸을 불러와라!"

"옛!"

문하생들이 장주윤의 불호령에 급히 해무겸이 있는 곳으로 향했다. 하지만 해무겸의 처소는 이미 비어 있었다.

"이런 멍청한! 오늘부로 해무겸은 우리 화산에서 파문한다!"

그 말은 충격적이었다.

그가 어떠한 실수를 했는지 화산의 모든 이들이 잘 알고 있다. 그렇지만 매화검수로 불린 그가 파문을 당했다는 것은 엄청난 파장을 불러올 것이 뻔했다.

매화검수라는 자리는 최고의 제자가 얻게 되는 위치. 하물며 곧 미래에 화산을 책임질 수 있는 능력을 가진 이를 뜻한다.

그런 그가 파문을 당한다면 장차 화산은 어떻게 될 것인가?

그리고 해무겸만 한 실력자가 나올 수 있을까 하는 것이 모두의 생각이었다.

"아무리 실력이 뛰어나더라도 심성이 바르지 못하다면 그것은 곧 화산에 화를 초래하는 것!"

장주윤은 자신의 뜻을 굽히지 않았고, 그에 반대하는 사람도 역시 없었다.

그가 파문을 당했다는 소식이 화산에 퍼질 때쯤, 그는 이미 먼 곳으로 도주한 상태였다.

"빌어먹을……."

화산에 제갈세가의 전갈이 왔을 무렵, 이미 눈치를 채고 화산을 떠나기 시작한 해무겸은 아무도 없는 숲에 걸터앉아 짜증만 부리기 시작했다.

"제갈린 그 계집이 입을 놀렸을 줄이야. 그 계집보단 그 빌어먹을 거지 노인네가 먼저 입을 놀렸겠지!"

자신에 대해서는 만왕약선이 더 잘 알 것이라고 판단하고 있는 해무겸이었다.

"이제 어디로 간다?"

그의 실력으로 어디를 가든 인정받지 못하겠는가? 하지만 화산에서 파문당한 그가 갈 곳은 그 어디에도 없었다.

"우리와 함께하겠는가?"

그런데 그때 소리 소문 없이 누군가가 내려섰다.

"너, 넌 누구냐!"

자신이 기척도 느끼지 못할 정도의 고수! 그런 그를 향해서 해무겸이 소스라치게 놀라며 물었다.

"나는 천상회 소속 방문엽이다. 우리 천상회와 뜻을 함께하겠는가?"

"바, 방문엽? 방문엽이라면 고검칠도(高劍七刀) 방문엽?"

고검칠도 방문엽. 그는 이십여 년 전 사파에서 알아주

던 고수였다.

 그는 검(劍)을 구사하는 인물이었으나 고검칠도라는 별호를 얻게 되었는데, 그 이유는 그의 검이 일곱 번에 걸쳐서 도의 형상을 하기 때문이었다. 그런 변화 속에서 검이 지니지 못한 도의 강력한 위력을 발휘했다.

 그런데 어느 순간 그는 사파에서 모습을 감추었다. 사파에서는 큰 별을 잃었다고 생각했는데, 그런 고검칠도 방문엽이 지금 해무겸의 앞에 나타난 것이다.

 "그렇다. 내가 고검칠도 방문엽이다."

 "처, 천상회라면 요즘 떠오르는 신흥 세력?"

 "신흥 세력? 큭큭. 웃기는군. 지금 천상회는 구대문파와 견줄 정도로 강력하다."

 "그럴 수가?"

 아무리 그래도 무림에서 구대문파에 견줄 정도의 세력이라면 오대세가들이 다였다. 그런 오대세가들 이외에는 크게 구대문파와 견줄 수 있는 힘을 가진 문파는 어디에도 없었던 것이다. 그런데 지금 그가 하는 말은 구대문파 하나하나를 말하는 것이 아닌, 구대문파 전체를 두고 하는 말이었다. 한때 백만마교라고 하는 마교의 엄청난 단체가 나타났어도 구대문파와 나란히 할 정도였다. 그런데 그런 구대 문파를 누를 정도의 세력이라니? 어찌 믿을 수 있겠는가?

"그런데 왜 나를 데려가려 하는 것이오?"

"후후, 감지덕지해야 할 것이 아닌가? 어차피 너는 화산에서 파문당했다. 그리고 무림에서 어차피 너는 파문을 당하고 남의 물건을 훔치려 한 파렴치한으로밖에 불리지 못할 것이다. 또한 너는 화산에서 파문당한 몸. 더 이상 화산의 무공은 사용할 수가 없다. 그런 네가 할 수 있는 것이 무엇이 있겠는가?"

"그, 그것은……."

거기에 대해서는 해무겸 역시도 입을 열지 못했다. 무림의 법칙 중 하나가 파문당한 제자는 더 이상 기존에 자신이 속해 있던 방파의 무공을 사용할 수 없다는 것이다. 그래서 대부분 문파에서 파문당하는 이들의 경우는 무공이 파훼되어서 추방당하는 경우가 많다. 하지만 해무겸은 파훼되기 전에 스스로 도망을 쳤기 때문에, 이는 스스로가 자제할 수밖에 없는 위치였다.

"하지만 천상회로 오면 무극태을검보다 더욱 강한 검법을 배우게 된다. 어떠냐? 천상회에서 너의 꿈을 펼치지 않겠느냐?"

그의 유혹은 가히 뿌리칠 수가 없었다. 무극태을검보다 더욱 강한 검법! 그것은 무인이라면 누구나 갈망하는 것이 아닌가?

"한 가지 묻겠소. 천상회는 당신 말고 다른 고수들이

또 있소?"

"네가 볼 땐 내가 고수 같나?"

"그럼 당신이 고수가 아니라 시정잡배요?"

"큭큭. 어린놈이 당돌하군. 그래. 네 녀석의 말대로 나는 고수다. 과거 사파의 기둥 역할을 하던 고수. 그러나 천상회에서 나의 입지는 고작 중간 정도의 서열밖에 되지 않는다."

그의 말에 해무겸은 큰 충격을 먹을 수밖에 없었다. 어떻게 고금칠도 방문엽이 고작 중간 정도의 서열이란 말인가?

그의 실력은 일류무인의 수준을 넘어서서 절정고수에 다다랐다고 알려져 있다. 그리고 이십여 년이 지난 지금 그는 분명 절정고수의 반열에 들어섰을 것이다. 그런 엄청난 실력의 소유자가 고작 중간 서열?

"말도 되지 않는 소리 하지 마시오! 어떻게 당신이 중간 정도의 서열이란 말이오?"

"흐흐흐. 믿지 못하겠나? 그럼 네 눈으로 직접 확인해라."

"좋소! 내 천상회에 가입하리다!"

해무겸이 천상회에 처음으로 발을 내딛는 순간이었다. 이후 그는 천상회의 엄청난 무력에 혀를 내두르며 가장 하위의 서열에 속하게 되었다.

* * *

똑똑.

누군가가 사고진이 머물고 있는 방문을 두드렸다.

"제갈린입니다. 좀 들어가도 될까요?"

그 말에 침소에 누워 있던 사고진이 번쩍 자리에서 튀어 올랐다.

"드, 들어오세요."

난데없는 그녀의 방문에 사고진은 당황하며 방으로 들였다. 그녀는 단아한 모습으로 사고진과 함께 탁자에 앉았다.

그녀가 손에 들고 있던 것을 내려놓으며 말했다.

"이것은 엽차라고 합니다. 가장 흔하면서도 서민들이 즐겨 마시는 차이지요."

"아, 예……. 저도 많이 마셔 봐서 잘 알고 있습니다."

갑작스레 찾아와서는 엽차를 권하는 그녀의 의중을 이해할 수 없는 사고진이었다.

"엽차는 흔하지만, 그 맛이 진하고 사람들이 부담을 가지지 않는 좋은 차지요. 때로는 고가의 차보다 엽차에서 진한 향이 나기도 한답니다."

"그렇군요. 전 그런 건 잘 몰랐습니다."

"소협이 그런 것 같아요."
"예?"
그 말에 사고진이 되물었다.
"소협은 엽차처럼 아주 쉽게 다가설 수 있는 분이지요. 하지만 알고 나면 소협이 어떤 분인지 알 수 있게 되고, 그러한 소협에게 더더욱 끌리게 되는 매력을 가지고 있지요."
"그, 그런가요?"
"호호, 모르셨어요? 그래서 만왕약선 어르신께서 끌리신 것 같은데요?"
사실 사고진을 알고 있는 사람 중 그를 싫어하는 이들은 없었다. 물론 해무겸과 남궁연은 제외하고 말이다.
어떠한 사람이라도 모든 이가 좋아하는 사람을 싫어할 리는 없는 것이다.
"그러면 소저도……?"
"네, 저도 소협이 좋습니다."
남녀가 이러한 말을 한다는 것이 상당히 부끄러운 일이 될지도 모른다. 하지만 두 사람은 그런 부끄러운 모습을 보이고 있지 않았다.
제갈린의 경우는 대답을 하면서도 당당한 모습을 유지했고, 사고진의 경우는 알게 모르게 자신감이 생겨나고 있었던 것이다.

혼약(婚約)

"소협이 지보탄부송을 흡수해서 저희 제갈세가는 많이 흔들릴지도 모릅니다. 제가 이러는 것은 단지 지보탄부송의 내공 증진만을 바라는 것은 아닙니다. 애초부터 소협에게 은혜를 입은 바 있었고, 지금까지 소협을 보아 오면서 좋은 점을 많이 찾았답니다. 저를 배필로 생각해 주시면 안 되겠습니까?"

그녀의 당당한 말에 사고진이 조금 어이가 없는 표정을 지었다.

좋아하는 감정과 배필로 생각하는 것은 엄연히 엄청난 차이가 있는 것이다. 그렇기 때문에 사고진이 당황하는 것도 무리는 아니었다.

"저기…… 배필이라면 혼인을 말씀하시는 건가요?"

"네. 부디 저를 아내로 맞이하여 주시면 안 될까요? 지금 당장 바라는 것은 아닙니다. 소협이 떠나기 전 약혼식을 먼저 하고, 언제든지 기회가 된다면 그때 저와 혼인을 맺어 주세요."

사고진은 한참을 고민할 수밖에 없었다. 사실 처음부터 그녀에게 반한 것은 맞다. 그러나 이런 말이 오갈 줄은 몰랐던 것이다. 단 한 번도 누군가와 혼인을 할 것이라고 생각을 해 본 적이 없었고, 그러한 것이 어떠한 결말을 낳을 것인지도 모른다.

몇 년을 늙은 사부와 함께 생활하면서 수련과 식생활

이외에는 전혀 관심을 두고 있지 못했던 것이다.

그럼에도 그가 고민하는 것은 첫째가 자신이 지보탄부송을 섭취하고 그 내공을 바탕으로 제갈세가가 자신에게 호의를 베푸는 것이었다. 그리고 두 번째 역시도 지보탄부송에 의한 것이었는데, 지보탄부송 하나로 제갈선우가 무림에 이름 있는 고수가 되면서 제갈세가가 다시 일어서는 것이었다. 하지만 그가 섭취를 함으로 해서 제갈세가는 막대한 손실을 봤다.

그렇다 보니 결국 제갈세가가 이렇게 흔들리는 이유는 자신에게 있는 것이 되는 셈이다.

"전...... 정말 부족한 것이 많습니다. 그런데 저를 남편으로 맞이하시겠다고요?"

"오히려 제가 엎드려 절이라도 해야겠지요?"

자신이 부족하다고 말하는 사고진과 그런 사고진에 오히려 더 감사를 하는 제갈린. 그런 그녀를 바라보며 사고진은 자신도 모르게 한 가지 다짐을 하고 말았다.

"소저가 그렇게 말하니 약혼을 하겠습니다. 다만 지금 현재 제 모습으로는 소저의 남편이 될 수 없습니다. 무림에 나가서 좀 더 큰 사내가 되어서 그때 소저를 제 아내로 맞이해도 되겠습니까?"

끄덕.

그 말은 제갈린에게 눈물을 머금게 만들었다. 사고진은

이미 자신의 마음을 알고 있는 듯했다.

그녀 역시도 촉박하게 사고진에게 말을 하긴 했지만, 두려움을 느끼고 있는 것은 당연했다. 그러한 마음을 아는 것인지, 아니면 정말 자신의 말대로 큰 사내가 되어서 돌아오기 위함인지는 알 수 없지만, 당장의 두려움을 사고진이 사라지게 만들었던 것이다.

"그럼 제가 떠나기 전 소저와 약혼을 하겠습니다. 부디 이 약혼이 후회되게 하지 않는 남자가 되도록 하겠습니다."

"감사해요……."

제갈린은 그렇게 두 눈에서 아름다운 눈물을 흘렸다. 그 눈물을 보면서 사고진은 정말 자신이 복 받은 남자일지도 모른다는 생각을 하게 되었다.

제갈린은 이 소식을 제갈선우에게 알렸고, 제갈선우는 크게 기뻐하며 이틀 뒤 바로 약혼식을 준비했다.

혼인이 아닌 약혼식이었기에 간단하게 치러질 수밖에 없었고, 오히려 제갈선우가 주변에 연락을 하지 않은 것도 있었다.

약혼식은 제갈세가의 식솔들만 모여서 치르게 되었다.

"허허허. 자네가 마음이 급했구만?"

"하하. 그렇게 보였습니까? 아무래도 당연하지 않겠습니까? 미래가 창창한 저런 젊은이를 떠나보낸다는 게 영찜찜해서 말입니다."

 제갈선우는 뭐가 그렇게 기쁜지 시작부터 이지광과 술잔을 기울이고 있었다.

 그렇게 조촐하게 사고진과 제갈린의 약혼식이 시작되었다. 두 사람은 약혼 예물로 작은 옥가락지 두 개를 나누어 끼었다.

 처음으로 가락지라는 것을 껴 보는 사고진은 손에 잘 맞지 않는 느낌마저 받았으나 여인인 제갈린의 경우는 자신의 손에 끼어진 옥가락지를 보며 기쁜 마음을 감추지 못하는 표정이었다.

 약혼식이 끝난 후, 사고진은 예정대로 낙성문으로 떠나기 위해 준비를 서둘렀다.

 "가가…… 왜 이렇게 서두르시는 건가요?"

 이제는 호칭이 달라지게 된 제갈린. 그녀는 약혼식이 끝나자마자 서둘러 떠날 준비를 하는 사고진이 몹시 서운하게만 느껴졌다.

 "서두르는 건 당연한 것 아닌가요? 제가 빨리 남자다운 면모를 갖추기 위해선…… 한시가 급하지요. 걱정 마세요. 시간이 되면 당신 앞에 떳떳한 모습으로 나타날 테니까요."

 사고진은 그녀의 손을 잡았다. 연인으로서 어떻게 행동하는 것이 올바른 행동인지 모른다. 하지만 그는 본능에 몸을 맡겼다.

 그녀를 끌어당긴 후 살포시 포옹했다. 품에 안긴 그녀의 몸에서 향긋한 향기가 뿜어져 나왔다.

 '이것이 내 여자의 향기다…….'

 그녀를 처음 봤을 때부터 그 향기를 맡았던 사고진. 그리고 지금도 그 향기는 변함이 없었다. 마치 기억에 오래 새겨 두기라도 하듯, 사고진은 그렇게 그녀를 껴안은 채로 오랫동안 머물러 있었다.

 "허허, 이 녀석. 왜 나를 데리고 가려 하지 않는 것이냐?"

 약간 술에 취한 만왕약선은 자신과 함께 가지 않겠다는 사고진의 말에 서운함을 느꼈다.

 "예전에도 그랬고, 앞으로도 그럴 것 같습니다. 사람 일이란 언제 어떻게 달라질지 모르지요. 그리고 당장 제가 할아버지를 지켜 드릴 힘이 없으니, 만약의 일에 대비를 할 수가 없습니다."

 자신을 걱정하는 마음은 갸륵했지만, 그가 누구인지 잊어 먹은 듯한 사고진이었다.

 "내가 누군지 잊어 먹은 것이냐? 만왕약선 이지광이다. 네 녀석이 쓰러졌을 때도 널 업고 온 것은 나다. 그런데 내가 짐이 될 듯싶으냐?"

그때 이지광은 지니고 있던 독으로 사고진을 무사히 제갈세가까지 데리고 올 수 있었다. 그것을 상기시켜 주며 생각을 고쳐먹기를 바라는 이지광이었다.

"그렇게 누군가의 도움만 받게 되면 결국은 의지하는 사람밖에 될 수가 없겠지요. 그렇기 때문에 혼자 떠나려 하는 것입니다."

"흠…… 네 녀석이 그렇게 말한다면 어쩔 수 없지. 그럼 몸조심하거라."

 사고진이 제갈세가를 떠난 이상 그 역시도 오래 머물 생각은 없었다. 언제나 떠돌이 생활을 한 그가 제갈세가에 붙어 있을 이유는 없으니까 말이다.

"그럼 다녀오겠습니다."

"그래, 조심해서 다녀오게나."

 사고진은 그렇게 제갈세가를 떠났고, 그를 바라보는 이들의 눈에는 기대감과 아쉬움이 교차했다.

*　　*　　*

"낙성혼의 일은 사실로 밝혀졌습니다."

"그런가? 그럼 이제 무림에서 낙성문의 이름은 사라질 것이다."

 청년은 자리에서 일어났다. 황금 용포를 입은 그의 몸

에서 뿜어져 나오는 살기! 그것은 결코 범인(凡人)이 내뿜을 수 있는 것이 아니었다.

"제가 해결하겠습니다."

"아니다. 이참에 낙성문을 지우면서 나 역시도 중원을 돌아볼 생각이다. 훗날 내가 거머쥐어야 할 중원이 어떠한 모습으로 변했는지도 보고 싶고 말이다."

"그렇다면 제가 호위를 하겠습니다."

도리도리.

청년은 고개를 가로저었다.

"난 그냥 편하게 혼자서 가고 싶다. 괜히 너희들이 따라나서서 봐야 눈에만 띌 뿐이지. 눈에 띄어서 좋을 것은 없지 않은가?"

"그렇지만…… 중원이란 곳은 언제 어디서 위험이 닥칠지 모르는 일입니다."

"후후, 그런가? 그렇다면 사괴신위(死魁神位)만 데리고 가겠네."

"사괴신위라……. 그렇게 하신다면야 저로서도 한시름 덜겠군요."

사괴신위라 함은 청년이 길러 낸 단 한 명의 인물이었다. 그는 다른 이들처럼 눈에 보이는 것이 아닌, 언제나 어둠 속에서 청년을 보필하는 것이 주된 목적이었다.

또한 사괴신위의 실력은 누구도 예상치 못할 만큼 강력

한 수준이었기에 지금 말하고 있는 자 역시도 사괴신위의 위용은 잘 알고 있었던 것이다.

　현재의 무림에서 사괴신위를 감당할 수 있는 실력자는 몇 되지 않는다. 사실 낙성문 정도는 사괴신위 혼자만 나서더라도 괴멸될 정도니 이미 그의 실력은 입증된 것이나 다름이 없는 것이다.

　호위로서는 가장 늠름한 인물이 아닐 수 없었다. 하지만 사괴신위는 청년 이외에는 그 누구도 본 적이 없었다.

　그가 존재한다고만 알려져 있을 뿐, 어떠한 모습을 하고 있는지, 무슨 병기를 쓰는지는 모든 것이 베일에 싸여 있었다.

第七章 사고신위(死魁神位) ─ 나이 많은 동생이 생기다

사고진은 제갈세가를 떠나 낙성문으로 향했다. 중원의 위치를 잘 모르는 그였지만, 사람들에게 물어물어 갈 생각이었다.

  여비는 제갈세가에서 두둑하게 챙겨 주었다. 제갈세가의 형편도 그렇게 좋은 것은 아니었지만, 어떻게 보면 미래에 투자하는 것이라고도 할 수 있었다.

  "중원이라는 곳은 참으로 넓구나."

  그가 중원에 나온 지도 벌써 이십여 일이 지났다. 가도 가도 다른 풍경이 눈에 들어오는 것은 당연했고, 청해의 산에만 머물러 있던 사고진에게 중원은 너무나 넓고 웅장한 모습을 보이고 있었던 것이다.

  사고진은 객잔에 들렀다. 이제 그의 나이도 열여덟. 무림에는 사고진과 같은 나이의 인물들이 여럿 존재했기 때문에 이렇게 혼자서 객잔을 찾는 이들 역시도 많았다.
"소반 하나만 부탁드립니다."
간단한 음식으로 요기를 하려고 하는 사고진. 그런 그의 눈에 누군가가 들어왔다.
"헤헤…… 국수 한 그릇만 줘요."
"아니? 이 바보 녀석이 또 왔네그래. 네 녀석한테 국수만 대체 몇 그릇째 주는지 알기나 하냐? 이젠 절대 못 준다! 돈이라도 가져와서 부탁을 하든가 해야지!"
덩치는 산만 한 인물이 코를 훌쩍이며 객잔 주인에게 말하고 있었다.
'엄청나게 크구나?'
족히 구 척 정도는 되어 보이는 어마어마한 키에 객잔 주인이 마치 어린아이로 보일 정도로 그는 기골이 장대했다.
그러나 어딘가 이상했다. 코는 훌쩍이면서 한 번씩 콧물을 빨아 먹는가 하면, 말하는 투도 그렇고 행동거지도 약간은 어딘가 떨어지는 사람 같았기 때문이다.
"가라고! 가! 네 녀석 때문에 재수가 없어서 장사도 제대로 안 된다, 이 녀석아!"
아주머니는 계속해서 그 덩치 큰 인물을 밀쳐 내고 있었지만, 그는 꿈쩍도 하지 않았다.
"헤헤…… 한 그릇만 줘요. 우리 어머니가 배가 고파

요."

 그는 계속해서 객잔 주인에게 국수 한 그릇만 달라며 떼를 쓰고 있었다. 마치 아무것도 모르는 철없는 어린아이의 행동과도 같았다. 아니, 어쩌면 어린아이보다도 철없는 행동이 아닐 수 없었다.
 무턱대고 돈도 없이 국수를 달라고 하는 경우가 어디 있단 말인가? 어린아이라도 그러한 것은 잘 알 것이다.
 "에에에~! 국수 한 그릇만 줘요~!"
 그는 이제는 아예 객잔 바닥에 엉덩이를 깔고 앉았다. 그러더니 발까지 동동 구르며 떼를 쓰기 시작하는 것이 아닌가?
 마치 순진무구한 어린아이처럼 눈물도 '펑펑' 흘리고 있었다.
 그런 그를 바라보며 사고진이 점소이를 불렀다.
 "부르셨습니까?"
 "다름이 아니라, 지금 저 사람은 대체 누구입니까?"
 사고진이 구척이 넘는 덩치에 대해서 묻자 점소이는 손을 가로저으며 말했다.
 "아휴~! 말도 마세요. 그저 덩치만 큰 바보일 뿐입니다. 매일같이 와서는 국수를 얻어 가는데, 말로는 자기 어머니가 먹을 것이라고 하지만 자기가 먹는지 알 게 뭡니까?"

"그래요? 그럼 국수와 만두를 좀 주세요. 돈은 제가 지불하겠습니다."

"예에? 혹시 아는 녀석입니까?"

"아닙니다. 그냥 주세요."

"예…… 뭐 그러시다면야."

점소이는 사고진의 말대로 국수와 만두를 포장하여 바보에게 건넸다.

"옜다. 이 녀석아. 저기 있는 젊은 분이 드리는 것이니까 감사 인사나 하거라."

점소이의 말에 따라 덩치는 눈물범벅으로 자리에서 일어나 포장된 음식을 받았다. 그러고는 점소이가 가리킨 곳으로 냉큼 달려왔다.

쿵쿵쿵~!

나무로 만들어진 객잔 바닥이 금방이라도 꺼질 듯 소리를 내었고, 사고진의 앞에 다가온 바보가 말했다.

"헤헤헤. 형아다, 형아! 고맙다, 형아!"

그는 포장된 것을 얼굴까지 들어 올리며 행복한 미소를 지었다.

"얼른 어머니께 가져다 드리세요."

"헤헤. 알았다, 형아!"

그는 그대로 냉큼 객잔을 나가 버렸다.

'참으로 착한 사람 같구나. 하지만 저런 순진함은 중원

에 있어서 그저 바보라는 소리를 들을 뿐이지. 앞날이 걱정이구나.'

그는 덩치가 사라져 가는 모습을 보며 안타까워했다. 객잔에서 간단한 요기를 마친 사고진은 또다시 길을 걸었다.

마을을 빠져나와 산 중턱에 들어섰을 때였다.

"그나저나 길이 두 갈래로 나 있네. 어디로 가야 하는 거야? 지나가는 사람도 없으니…… 이거야 원……."

사고진은 양쪽으로 뻗은 길 앞에서 결정을 해야만 했다. 그리고 땅을 유심히 살펴보기 시작했다.

"이쪽은 사람의 발길이 많지는 않은 곳이군. 한 번씩 말이 지나가거나 마차가 지나간 흔적. 그리고 이곳은 길이 평평하니 사람이 많이 다닌 흔적이다. 아무래도 낙성문으로 가려면 뜸한 길보다는 사람이 많이 다닌 곳을 택하는 게 낫겠지."

그것이 사고진의 판단이었다. 그리고 그 판단은 애석하게도 틀린 것이다. 이 길을 누군가가 매일 같이 하루에도 몇 번이나 왔다 갔다 한다는 것을 사고진이 어떻게 짐작이나 하겠는가? 하지만 이러한 판단이 그에게는 또 다른 인연을 안겨 주는 일이었다.

사고진은 그렇게 길을 따라 걸었다. 길은 많은 사람들이 왕래를 하는 것인지 아주 판판하게 닦여 있었다.

"거참 이상하네. 길은 평평하게 사람이 많이 다닐 것 같은데, 어째 걷는 사람은 나뿐이니?"

멀리 보이는 곳까지도 사람의 모습을 찾을 수가 없었다.

그렇게 한참을 걸었을까? 길 끝에 집 한 채가 놓여 있었다. 그것이 끝인지 몰랐기에 사고진은 계속해서 걸었고, 그 집에 가까이 다다랐을 때 사고진은 통곡성을 들어야만 했다.

"으허허허헝~! 어머니! 어머니! 눈을 좀 떠 보세요!"

그 목소리는 어디선가 들어 본 듯한 목소리였다.

"어? 이 목소린 그 바보……?"

객잔에서 국수를 달라고 떼를 쓰던 그 바보의 목소리였던 것이다. 사고진은 집 밖에서 안에 들릴 수 있는 목소리로 말했다.

"계십니까?"

콰앙!

사고진의 목소리가 들린 순간 누군가가 문을 부수며 나타났다.

"형아! 형아! 우리 어머니 좀 살려 줘요! 어머니가 자리에서 일어나질 않으세요!"

덩치는 사고진의 팔을 붙잡고 무작정 집 안으로 끌고 들어갔다.

"어엇? 엇?"

그 힘이 얼마나 강했던지, 완강하게 거부를 하던 사고진이 아주 맥없이 끌려 들어갈 정도였다.

집 안은 매우 초라해 보였다. 여기저기 거미줄이 쳐져 있는가 하면 먼지도 수북하게 쌓여 있었다. 그런 집 안 한쪽 구석 침상 위에 한 인물이 누워 있었다.

"음?"

사고진은 그 모습을 바라보며 뭔가 이상하다는 생각이 들었다. 그는 미동도 하지 않고 있었다.

바보에게 이끌려 침상 앞으로 다가간 사고진은 한 노파를 보게 되었다. 늙디늙은 노파의 머리는 백발이었으나 이미 머리는 상당수 빠져 있었다. 하지만 그것보다 더 큰 문제는 미동도 하지 않는 노파는 이미 차가운 시신이었다는 것이다.

숨소리조차도 들리지 않았고, 제대로 못 먹어서 그런지 피부는 아예 말라비틀어져 있을 정도였다.

그런 상황에서 어떻게 목숨을 유지하고 있었는지는 모르지만, 바보가 이러한 말을 하는 것으로 봐서는 죽은 지 얼마 되지 않은 것 같았다.

"형아! 형아! 우리 어머니 좀 살려 줘. 어머니가 눈을 뜨지 않으셔!"

바보는 사고진의 팔을 놓고는 자신의 어머니의 양쪽 어

깨를 잡고 흔들기 시작했다.

"어머니! 어머니! 일어나서 이 국수랑 만두 좀 먹어 봐요!"

덜렁덜렁~!

마치 목각인형을 가지고 노는 아이의 모습처럼 보이는 상황에 사고진이 급히 그를 말렸다.

"뭐하는 거예요! 어머니가 더 다칠지도 모르는데, 이렇게 심하게 흔들면 어떻게 합니까!"

털썩!

"아…… 미안해, 형아. 나도 모르게 그만……."

그는 사고진의 불호령에 급히 자신의 어머니를 손에서 놓았다.

사고진은 덩그러니 침상에 누워 있는 그녀의 시신을 바라보았다.

'아무래도 병으로 죽은 것 같구나. 이 말라 버린 피부는 못 먹어서 그렇다기보다는 병들어 죽은 기색이 확실한데…….'

사람이란 못 먹어서 살가죽이 들러붙는 경우도 더러 있다. 하지만 병에 걸렸을 때는 음식을 섭취하더라도 영양분을 제대로 흡수하지 못해서, 근육과 피부가 점차 줄어들게 된다. 그래서 마치 미라의 모습처럼 말라 가는 모습을 하게 되는 것이다. 하지만 그럼에도 사고진이 병으로 구분하고 있는 까닭은 바로 시신의 피부에 난 반점 때문이었다. 못 먹어서 굶어 죽은 시신에는 보이지 않는 반점이 지금 이 시신에는 나 있었던 것이다.

'이 말을 어떻게 해야 한단 말인가? 이 순진한 사람에게……'

사고진은 맑은 눈빛으로 자신에게 큰 기대를 품고 있는 바보에게 어떠한 말을 해 줘야 할지를 몰랐다.

"저기……."

"응! 형아!"

밝게 대답하는 그에게 사고진이 천천히 말했다.

"이제 어머니는 더 이상 일어날 수가 없어요."

"무슨 소리야? 어머니가 화가 나신 거야?"

아직까지도 자신의 어머니가 죽었다는 것을 인지 못하는 바보는 재차 물었고, 할 수 없이 사고진은 사실대로 말해 줄 수밖에 없었다.

"당신의 어머니는 이미 죽었습니다."

부앙~!

그 말을 하는 사고진을 향해서 바보가 갑자기 주먹을 휘둘렀다.

"죽긴 누가 죽어! 우리 어머니는 안 죽었어!"

그의 눈이 순식간에 매섭게 변하고 말았다. 방금 전 그의 순진한 눈은 그 어디에서도 찾아볼 수가 없었다.

사괴신위(死魁神位)

"우리 어머니는 죽지 않았어!"

그러고는 재차 사고진을 향해서 두 주먹을 휘두르기 시작했다.

콰앙! 콰앙~!

그의 주먹이 닿을 때마다 집 안 여기저기가 부서져 나가기 시작했다.

'엄청난 괴력이다! 잘못하면 내가 죽겠어!'

사고진은 능파미보를 시전하면서 그의 주먹을 피했으나, 등으로 한 줄기 식은땀이 흐를 정도였다.

바보는 무공을 익힌 흔적이 없었다. 하지만 그 엄청난 신체에서 뿜어져 나오는 힘은 가히 무공을 익힌 이들의 파괴력을 지니고 있었던 것이다.

"지, 진정해요!"

"우리 어머니는 죽지 않았어!"

바보는 그렇게 계속해서 사고진을 공격했다. 그러나 사고진의 그 어떠한 말도 그를 진정시킬 수는 없었다.

'대, 대체 이 사람의 괴력은 어디에서 나오는 거야?'

이미 집 안 여기저기가 모두 부서진 상태였다. 그리고 더욱 황당한 것은 하루 웬 종일 그의 주먹이 사고진을 공격하고 있는 것이었다.

이미 체력이 소진될 대로 소진이 되었어야 하는 것이

정상이지만, 바보는 그런 것에 전혀 아랑곳하지 않고 사고진을 향해서 주먹을 휘둘렀던 것이다.

사고진은 할 수 없이 마지막 한 가지 방법을 선택할 수밖에 없었다.

'이 착한 사람을 죽일 순 없다. 그렇다면 결국은……'

남은 방법은 그가 스스로 깨우치길 바라는 수밖에 없는 것이다. 그래서 그는 능파미보를 시전하여 죽은 그녀가 있는 침상으로 이동했다.

"우리 어머니한테 다가가지 마!"

"이제 그만해! 네 눈으로 직접 보란 말이야!"

사고진은 그녀가 덮고 있는 이불을 들쳤다. 앙상하게 마른 그녀의 몸에서 역한 냄새가 풍겨 올라왔다.

이미 부패가 시작되었던 것이다.

"우리 어머니 곁에서 떨어져!!"

바보는 또다시 주먹을 휘둘렀다.

부웅~!

사고진은 주먹을 피하고 한쪽에서 바보를 바라보았다. 바보는 사고진이 자신의 어머니 곁에서 떨어지자, 지그시 어머니를 내려다보았다.

그러고는 무릎을 꿇으며 그녀의 차가운 손을 잡았다.

"어머니…… 어머니…… 제발 눈을 좀 떠 보세요……"

바보는 흐느끼며 눈물을 흘리기 시작했다. 그러나 그런

사괴신위(死魁神位) 259

그의 간곡한 부탁에도 그녀는 더 이상 자리에서 일어나지 않았다.

"그렇게 슬퍼할 게 아니라 어머니의 얼굴을 한번 바라보세요."

그 말에 바보는 어머니 얼굴을 바라보았다.

"헤헤…… 어머니가 웃는다. 기분 좋으신가 보다."

비록 죽었으나 그녀의 얼굴엔 미소가 지어져 있었던 것이다.

"아마 좋은 곳에 가셨을 겁니다."

바보는 어머니의 손을 꼭 쥐었다.

사고진은 이후 바보를 달랜 후, 그녀를 땅에 묻었다.

"형아, 아까는 미안해……."

바보는 방금 전의 일을 떠올렸는지, 다리와 손을 배배 꼬고는 사고진에게 사과했다.

"아니에요. 괜찮아요. 그런데 왜 저보고 형아라고 하세요? 제가 더 어려 보이는데?"

"응? 아니야. 형아는 형아다!"

그는 큰 소리로 사고진을 '형아'라고 목청껏 불렀다.

"저기…… 나이가 어떻게 되시는지?"

"나? 스물일곱 살!"

"저는 열여덟인데요……."

자신보다 아홉 살이나 많은 그가 '형아'라고 하니 부담이 되는 것은 당연했다.
"응? 그럼 당연히 형아네! 형아다, 형아!"
그는 나이를 밝혔음에도 또다시 사고진을 '형아'라고 부르기 시작했고, 더 이상 말리지 못할 것 같다는 생각에 사고진은 그를 바라보며 말했다.
"그래…… 이제부터 내가 너의 형이다. 형은 사고진이라고 하는데, 너는 이름이 어떻게 되니?"
그가 바보라는 것을 알았기 때문에 어쩔 수 없이 그를 동생으로 받아들였다. 그리고 먼저 이름을 밝히고 그의 이름을 물었다.
"나는 손기악!"
손기악의 큰 소리에 사고진이 웃으며 말했다.
"그래, 기악아. 이제 형은 낙성문이라는 곳으로 가야 하는데, 이 형을 따라가지 않을래?"
그는 손기악을 혼자 두고 갈 수 없었다. 지금까지도 그래 왔고, 앞으로도 손기악은 바보의 이면에서 벗어나지 못하고 사람들에게 멸시를 받을지도 모른다. 그렇기 때문에 착한 손기악이 상처를 받는 것이 싫은 사고진은 그를 동행시키기로 한 것이다.
"응! 따라갈래! 형아 따라갈래!"
"그래, 그러자. 그럼 이 형을 따라서 함께 가자꾸나."
"응응! 에헤헤! 형아다, 형아!"

손기악은 사고진을 들쳐 업었다. 그가 자신을 들어 올리자, 사고진은 그저 웃으며 그의 눈을 바라보았다.
'순하고 착한 사람. 하지만 그런 만큼 상당히 강한 사람. 안타깝구나. 이런 강한 사람이 바보가 되어 있다니……'
사고진은 그의 재능을 안타까워했다. 그는 그 육체만으로도 강력한 힘을 지니고 있는데, 그러한 능력을 제대로 발휘 못할 정도로 그의 머리는 떨어졌던 것이다.

꼬르르륵.
"형아…… 나 배고프다."
"응, 그렇지? 그럼 잠시만 여기서 기다릴래? 이 형이 요기할 것을 좀 구해 올게."
"응! 알았다. 에헤헤헤!"
손기악과 함께한 지도 반나절이 지났고, 이미 해가 어두워졌다. 두 사람은 할 수 없이 숲에서 노숙을 할 수밖에 없게 되었다.
미리 잠자리를 정리하고 불을 피운 뒤 사고진은 손기악을 그곳에 놔두고 사냥에 나섰다.
'후후, 오랜만에 사냥을 하게 되는구나.'
사고진은 간만에 하는 사냥에 신경을 곤두세우기 시작했다. 예전과 다른 자신의 모습을 보기 위해서였다.

'눈을 감고 기를 느낀다.'

백연이 가르쳐 준 대로 사고진은 눈을 감았다. 그리고 주변의 모든 것에 신경을 곤두세우는 한편, 기를 느끼기 시작했다.

기라는 것은 살아 있는 모든 것이 뿜어내는 힘으로, 미세한 곤충이라 할지라도 그러한 기운을 뿜어낸다.

하지만 절정의 실력이 아닌 이상 곤충의 기까지 느끼는 것은 사실상 불가능했지만, 주변에 오가는 짐승의 움직임을 감지하는 것은 크게 어려운 일이 아니었다.

사락~!

'소리가 작다. 그리고 보폭이 매우 짧고 기운도 너무나 미세하다. 이것은 분명히 토끼!'

오랜 생활을 통해서 토끼의 움직임 정도는 감을 잡을 수 있는 사고진이었다. 그리고 백연에게서 배운 기를 느끼는 방법대로 그는 자신이 느낀 것이 토끼라고 짐작했다.

파앙~!

사고진은 기척을 느낀 순간 그대로 시위를 당겼다. 그리고 그곳으로 다가간 사고진은 눈살을 찌푸렸다.

"이런…… 제기랄. 너무 강하게 잡아당겼나?"

토끼는 화살에 꽂힌 것이 아닌 그대로 관통당하며 터져 버렸던 것이다.

"할 수 없이 다시 잡아야 하나? 이런 빌어먹을. 귀찮은데……."

터져 버린 토끼를 뒤로하고 사고진은 또다시 사냥에 나섰다.

"형아다, 형아!"

사고진의 모습이 눈에 들어왔고, 그의 등에는 멧돼지 한 마리가 들려 있었다.

"우와! 멧돼지다! 형아 최고다!"

작은 토끼를 잡아서 누구 입에 풀칠을 하겠는가? 사고진은 한 방에 두 사람이 먹고도 남을 수 있는 저녁거리를 준비해 왔던 것이다.

"하하, 그러니? 잠시만 기다려라. 이 형이 맛있는 멧돼지 요리를 해 줄 테니까!"

그대로 멧돼지를 땅에 내려놓은 후, 한쪽으로 끌고 가 손질하기 시작했다. 이미 많은 사냥을 통해서 짐승을 손질하는 법 정도는 알고 있는 그였기에 멧돼지 손질을 하는 것은 그리 어려운 일도 아니었다. 또한 먹을 사람이 두 명뿐이었기에 멧돼지 전체를 손질하지 않아도 되었고, 맛있는 부위만을 골라 썰어 낸 뒤 사고진은 그것을 불에 굽기 시작했다.

"에헤헤, 맛있는 냄새!"

노숙을 하면서 요리라고 해 봐야 고작 불에 구워 먹는

것이 다일 것이다. 하지만 사고진은 자신이 준비한 재료를 고기에 첨가시켰다. 그것은 약초로써 때로는 음식의 향을 돋우는 데도 사용되는 것을 고기와 함께 익히고 있었던 것이다. 이렇게 되면 그 향이 고기에 배여서 고기의 비릿한 향은 없애고 구수한 향만을 내게 되는 것이다.

손기악은 기분이 좋은 듯 얼굴에 커다란 미소를 머금고 있었다. 이후 고기가 다 익자 사고진은 손기악에게 고기를 건넸다.

우걱우걱~!

손기악이 무섭게 멧돼지를 먹어 치우기 시작했다.

"엄청…… 먹는구나……."

사고진은 손기악의 먹성에 자신이 엄청난 착각을 했다는 것을 깨달았다. 설마하니 사인분의 식사를 준비했는데, 모든 것을 먹어 치우고 자신의 손에 들린 고기까지 넘볼 줄 누가 알았겠는가?

"하…… 안 되겠다. 널 위해서라도 멧돼지를 더 손봐야 할 것 같네. 우선 이거라도 좀 먹고 있을래?"

"응!"

손기악은 잽싸게 사고진의 손에서 고기를 뺏어 갔다.

"후후……."

그 모습을 바라보며 사고진은 다시 버려 둔 멧돼지에게 갔고, 남아 있는 여분의 살점들을 도려내기 시작했다.

그의 손에는 칼이 아닌 화살촉이 쥐어져 있었다. 오랜 생활 궁만 접해 온 사고진이었기에 이러한 것에는 칼보다 손에 익숙한 화살촉이 더 나았던 것이다.

남은 살점을 모조리 잘라 내어 다시 불에 구워 그것을 손기악에게 주었다.

손기악은 멧돼지 한 마리를 몽땅 먹어 치우고 나서야 배를 두드리며 자리에 드러누웠다.

드러렁~ 드러렁~!

손기악의 코 고는 소리가 숲을 크게 울리기 시작했다.

"녀석…… 많이 피곤했나 보네. 하긴 그렇게 하루 종일 주먹을 휘둘렀으니 피곤할 만도 하겠구나. 하긴 나도 이렇게 피곤한데……."

그런 손기악의 코 고는 소리를 자장가 삼아 사고진 역시도 잠에 빠져들었다.

깨갱~! 퍼엉~!

곤히 잠을 자고 있을 때 이상한 소리가 들려왔다.

"으음…… 무슨 소리지?"

기척에 눈을 뜬 사고진은 옆을 보았다. 옆에서 곤히 자고 있어야 할 손기악이 없었다.

깨갱~!

그런데 그때였다. 숲 속에서 들려오는 짐승의 비명 소

리. 그것을 들은 순간 사고진은 급히 소리가 들린 방향으로 달렸다.

"이, 이럴 수가?"

그곳에는 살점이 뜯겨진 멧돼지를 둘러싸고 구 척 장신의 손기악과 수많은 늑대들이 대치를 하고 있었다.

그리고 땅에는 이미 수많은 늑대들이 쓰러져 있었고, 손기악의 양쪽 손에도 늑대 두 마리가 목이 잡혀 발버둥을 치고 있는 장면이 눈에 들어왔다.

"기악아!"

사고진이 급히 손기악을 불렀다.

"어? 형아!"

손기악이 사고진을 발견하고는 기쁜 듯한 얼굴로 그를 반겼다. 하지만 그의 얼굴은 이미 피범벅이 되어 있어서, 마치 야차의 얼굴을 보고 있는 듯했다.

빠르게 손기악에게 다가간 사고진이 물었다.

"너 지금 뭐하는 거니?"

뿌득! 털썩!

손기악은 자신의 손에 들린 늑대의 목을 분지르고는 그대로 한쪽으로 던져 버렸다.

"이 녀석들이 형아가 잡아 놓은 멧돼지를 먹으려고 하잖아! 그래서 내가 혼쭐을 내 주고 있는 중이야!"

"뭐라고?"

다 먹은 멧돼지는 이미 멀리 버린 상태였다. 그런데 이제 먹을 것도 없는 멧돼지를 대체 왜 지키려고 한단 말인가?

"기악아, 그 멧돼지는 이제 아무런 필요가 없어. 늑대들에게 줘도 돼."

"아니야! 이건 형아가 잡아 온 거니까 형아 이외에는 손을 댈 수 없어!"

손기악은 늑대들을 노려보며 눈을 빛냈다.

"네 녀석들 다 죽여 버릴 거야!"

손기악은 매서운 속도로 늑대들을 향해서 달렸다. 그가 손과 발을 휘두를 때마다 늑대들은 허공을 향해 튀어 올라갔다.

수십여 마리의 늑대를 상대로 사투를 벌인 손기악의 몸은 피범벅이 되어 있었다.

"이런…… 많이 다쳤구나."

척 보더라도 손기악이 다쳤다고밖에 보이지 않는 상황이었다.

"형아, 난 괜찮아."

"아니야. 이리 좀 와 봐. 피를 닦아 내고 상처를 치료하자꾸나."

손기악은 사고진의 말에 따라 터벅거리는 걸음으로 그의 앞에 앉았다. 사고진은 헝겊으로 그의 몸에 묻은 피를 닦아 내기 시작했다.
"응?"
그런데 피범벅이 된 그의 오른팔을 닦으면서 사고진은 의아함을 느꼈다. 상처 하나 없었던 것이다.
그러고는 다시 왼쪽 팔을 닦았다. 그런데 왼쪽 팔은 물론 몸 전체에 아무런 상처가 없는 것이 의문이었다.
"이게 대체 어찌 된 일이지? 분명히 늑대가 할퀴고 무는 장면을 봤는데?"
자신의 눈으로 분명 봤었다. 수많은 늑대들이 손기악을 향해서 덤벼들며 공격을 하는 모습을 말이다.
그런데 그의 몸은 너무나 말끔했다.
"기악아…… 너 정말 괜찮니?"
"헤헤! 응. 괜찮아! 그런데 좀 피곤해."
"그, 그래……. 그만 자거라."
얼떨떨한 표정으로 사고진은 손기악을 다시 재웠다.
'대체…… 넌 뭐하는 녀석이냐? 혹시 무공이라도 익힌 거니?'
무공을 익힌 자가 이렇게 무턱대고 주먹과 발길질을 할 리는 없지 않은가? 그렇지만 그의 몸에 아무런 이상이 없다는 것 역시도 수상한 부분일 수밖에 없었다.

*   *   *

"낙성문…… 많이 발전했군."

언덕에서 내려다보이는 낙성문의 모습을 보며 한 청년이 걸음을 옮기고 있었다. 어느덧 낙성문 정문에 도착한 그를 보며 무사들이 물었다.

"누구시오?"

그들은 곱게 차려입은 청년의 모습이 범상치 않은 인물임을 알고는 쉽게 하대를 하지 못했다.

"나? 낙성문을 파멸시키러 온 사람이다."

그런 청년의 말에 두 무사는 어이가 없다는 어투로 말했다.

"이거 완전 미친놈 아니야?"

"낙성문이 어디 개 이름인 줄 아냐? 당장 썩 꺼져."

청년은 그런 무사들의 말을 듣지 않고 천천히 그들을 향해서 다가왔다.

쉭쉭~!

그런데 이상한 소리가 들린 순간 무사들은 자신들의 목이 뜨끔함을 느꼈다.

"어?"

피악~!

그와 동시에 피가 솟구치며 목이 땅으로 굴러떨어지는 두 명의 무사. 눈 깜짝할 사이에 일어난 일이었다.

청년이 낙성문 앞으로 서서히 걸어가자, 낙성문의 꿋꿋한 대문이 서서히 열리기 시작했다.

무형(無形)의 기운!

이것은 초절정고수만이 할 수 있는 절기였다.

대문 너머로 많은 낙성문하생들과 제자들이 눈에 들어왔다.

"뭐야 저놈? 저, 저건!"

문이 활짝 열리고 곱게 차려입은 청년이 들어서자, 문하생들과 제자들은 그를 보게 되었다. 그리고 그의 뒤에서 피를 뿜고 쓰러져 있는 무사들을 발견한 순간 소리쳤다.

"적이다! 적이 침입했다!"

문하생들과 제자들은 각기 병장기를 꺼내 들고 청년을 향해서 달려들었다.

"피를 보기엔…… 너무 좋은 날씨군?"

청년은 푸른 하늘을 올려다보았다. 곧 그의 손에서 수십 개의 가닥이 쏜살같이 뻗어 나갔다.

푸카카~!

그것은 한 사람을 관통하고 그대로 뒤에 있는 사람에게까지 타격을 줄 정도로 맹렬한 기운을 머금고 있었고, 어느 누구 하나 청년에게 근접할 수 있는 자가 없었다.

"사괴신위! 여기서 단 한 놈도 탈출하지 못하게 하라!"

―옛!

 허공에서 들려오는 목소리. 그것은 청년만이 들을 수 있었다. 이미 청년의 엄청난 위력에 주변에서는 도망을 치려고 하는 이들이 생겨나기 시작했고, 그것을 본 청년이 사괴신위에게 말한 것이다.

 "당장 도망쳐서 이 사실을 다른 문파에게 알려!"

 누군가의 말에 곧장 탈출을 시도하는 문하생들과 제자들.

 "엇?"

 그런 그들이 갑자기 이상한 소리를 냈다.

 파가각~!

 그들이 담장을 넘어서는 순간 몸이 수십 개로 분리되는 것이 아닌가?

 "어, 어떻게 이런 일이?"

 "사, 사술이다!"

 그들은 그것을 사술로만 생각했다. 눈에 보이지도 않을뿐더러 그 어떠한 인물도 없는 이 상황에서 어떻게 담을 넘는 사람이 수십 개로 분리될 수가 있단 말인가?

 "모두가 함께 탈출하라!"

 그리고 누군가의 외침이 터져 나왔을 때, 문하생들은 너 나 할 것 없이 담장을 뛰어넘었다.

 파각~! 파각~!

그런데 그때마다 조각조각 나기 시작하는 문하생들을 보면서 낙성문의 제자가 떨리는 입술로 말했다.

"아, 악귀가 나타났어! 낙성문에 악귀가 나타났어!"

그가 시선을 돌렸다. 그곳에는 한 청년이 손도 까딱 하지 않은 채로 사람들을 죽여 나가고 있었다.

* * *

"기악아, 너 혹시 무공이란 것에 대해서 아니?"

"헤헤, 그게 뭐야? 먹는 거야?"

손기악은 무공이라는 것에 대해서 듣도 보도 못한 것 같았다.

"흠······. 무공이란 게 뭐냐면 체내에 있는 내공을 이용해서 인간이 낼 수 있는 한계의 범주를 벗어나는 것이란다."

"우와! 그런 게 있어? 그런데 내공은 또 뭐야? 그건 맛있어?"

사고진은 그런 손기악을 보며 고개를 가로저었다.

'그래······ 저런 머리로 무공을 익혔을 리는 없어. 그렇다면 늑대와의 혈투는 대체 어떻게 된 것일까? 내가 잘못 본 것일까?'

사고진은 밤에 일어났던 일들을 떠올렸다. 아무리 생각

해도 늑대의 날카로운 이빨이 분명 손기악의 몸 여기저기를 무는 모습을 보았었다.

'내 눈이 잘못되었을 리는 없다. 궁사가 눈이 잘못된다는 것은 말이 안 되지. 그렇다면 대체 저 녀석은 어떻게 된 것일까?'

궁사에게 있어서 눈은 가장 중요한 부분을 차지한다. 눈으로 보지 못한 부분까지도 맞출 수 있는 것이 궁사라고 하지만, 어디까지나 눈에 보이는 사물을 정확하게 분간할 수 있어야만이 최고의 궁사의 반열에 오를 수 있는 것이다.

그런데 그런 그가 간밤의 일을 잘못 보았다는 것은 말이 되지 않는 것이다.

'혹시나 외공 쪽에 관련이 있는 것은 아닐까?'

외공이란 본디 내공과 무공을 수련하는 것과는 다소 차이가 존재한다.

내공은 체내의 기를 통해서 밖으로 분출하는 것이지만, 외공은 말 그대로 몸을 단련하는 수법이다. 인간의 몸의 한계를 극한까지 끌어올려 그 어떠한 무력에도 견뎌 낼 수 있는 강한 신체를 뜻한다.

지금 손기악의 육체는 그렇다고밖에 말할 수 없었다.

"기악아, 잠깐만."

사고진은 손기악의 팔을 만져 보았다.

'딱딱하다……. 어떻게 이런 팔이?'

태어나서 처음으로 느껴 보는 기분이었다. 어떻게 인간의 팔이 이렇게 딱딱할 수가 있단 말인가?

그런 손기악의 팔을 바라보다 사고진은 그의 집에서 있었던 일들도 상기했다. 그와 전투를 벌이던 중 그는 많은 물건을 파괴했다. 그럼에도 그의 주먹에는 아무런 이상이 없었다.

'분명 외공이다. 이것은 분명 외공인데……. 어떻게 기악이가 외공을 익힌 것일까?'

딱딱한 그의 피부는 분명 외공에 의해서 만들어진 것이었다. 인간이 태어나면서 이러한 피부를 가지고 태어났을 리는 없었다.

비밀을 알고 있는 그의 어머니는 이미 세상에 없으니, 그가 가진 비밀을 풀 방법은 전무했다.

'만약에 기악이가 제정신으로 돌아온다면 자신의 비밀에 대해서 알게 될까? 하지만 태어나면서부터 바보였다면 어떻게 되는 거지?'

선천적인 것과 후천적인 것을 생각하며 사고진은 자신의 앞에서 당당하게 걸어가고 있는 손기악의 뒷모습을 감상했다.

그렇게 길을 가던 중 손기악이 물었다.

"형아, 그런데 이건 뭐야?"

사고진이 등에 메고 있는 자현궁을 보면서 한 말이었다.

"이것은 자현궁이라는 것이란다."

"자현궁? 뭐에 쓰는 건데? 비상식량이야?"

모든 것을 먹는 것으로 치부해 버리는 손기악을 보며 사고진이 웃으며 말했다.

"하하, 그런 건 아니란다. 자현궁은 병기란다. 병기에는 검, 도, 창, 궁 등 여러 가지가 있지. 그중 하나가 내가 들고 있는 궁이고 말이다."

"그렇구나. 그런데 병기는 왜 가지고 다니는 거야?"

"글쎄? 아무래도 자기를 보호하기 위함이 아닐까?"

사고진 역시 자신이 왜 궁을 들고 다니는지 확실한 이유를 알지 못했다. 하지만 다른 무인들 역시도 그럴 것이다.

단지 자신이 검을 배우고, 도를 익혔기 때문에 그러한 것들을 들고 다니는 것. 병기를 왜 들고 다니는지에 대한 확실한 답을 말할 수는 없을 것이다.

"사람을 죽이려고?"

"응? 아니야. 그런 건 아니야."

대뜸 자신의 자현궁을 보며 누군가를 죽일 것이냐고 물어보는 손기악의 말에 사고진은 고민을 할 수밖에 없었다.

'그래. 언젠가는 또 다른 누군가가 내 손에 죽겠지. 결국 무림은 누군가를 죽이기 위해서 존재하는 것인가?'

언제나 사람의 피를 보며 돌아가는 것이 무림이다. 그렇지 않고서는 절대 말이 되지 않는다. 무림에는 평화가 존재하기란 힘들다.

정파와 사파는 언제나 혈안이 되어서 보이는 즉시 칼부림을 하는 것이 다이며, 서로의 세력을 키우기 위해서 언제나 피바람을 불러일으킨다.

이런 것을 보면 무림에는 몇 백 년이 지난다고 하더라도 절대로 평화가 올 리 없었다.

'그런 무림 속에 내가 있다. 결국 나 역시도 누군가를 죽이는 사람 중 하나가 된 것인가?'

사고진은 왜 자신이 무림에 나오게 되었는지를 생각해 보았다. 그리고 왜 최고가 되려고 하는지를.

'모든 무림인이 그렇듯 나 역시도 내가 가야 할 길을 알고 있다. 그렇다면 죄책감이나 후회 같은 것은 그저 사치일 뿐이지. 앞만 보며 달려가자. 나를 바라보는 사람도 있으니까.'

제갈세가에 있을 제갈린을 생각하며 사고진은 마음을 다졌다.

그렇게 낙성문이 보이는 언덕에 도착했다.

"저기가 낙성문이다."

"헤헤, 낙성문은 먹는 거야?"

"하하, 그런 건 아니고. 이 형이 꼭 가서 뵈어야 할 분이 계시단다."

"혹시 어머니?"

"그런 건 아니고 사부님이 아시는 분이란다."

사고진은 멀리 보이는 낙성문을 바라보았다. 그런데 뭔가 이상함을 느꼈다.

"뭐지?"

붉은빛이 낙성문 여기저기에 널려 있었다. 사고진은 급히 낙성문을 향해서 달렸고, 뒤를 따라 손기악이 사고진을 놓칠세라 열심히 달렸다.

"대체 이게 무슨?"

사고진은 이미 괴멸되어 버린 낙성문에 수많은 시신들이 즐비해 있는 것을 보았다.

"으으……."

그때 어디선가 신음 소리가 들려왔다. 사고진은 신음 소리가 들린 곳으로 고개를 돌렸고, 한 사람이 한쪽 팔을 잃은 채 신음하고 있는 것을 보았다.

"괜찮으세요?"

"으아아아!"

그는 사고진의 얼굴을 보자마자 마치 악귀라도 본 듯 기겁을 하며 뒤로 도망쳤다. 그러고는 다시 혼절해 버렸다.
 "흠…… 대체 무슨 일이 있었던 거지?"
 그는 주변을 샅샅이 뒤지기 시작했다. 그리고 주변에 파괴된 것과 사람들의 흩어진 피를 보고는 그것이 얼마 지나지 않은 일임을 알 수 있었다.
 "대체 누가 낙성문을 이렇게?"
 사고진은 무림이 어떻게 돌아가고 있는지 잘 모른다. 하지만 아무리 원한 관계가 있더라도 어떻게 한 문파의 사람들을 이렇게 씨를 말려 버릴 수 있단 말인가?
 그는 어쩔 수 없이 손기악을 데리고 낙성문을 떠났다.
 그런 그의 뒷모습을 바라보고 있던 이가 흐릿한 시선으로 그를 주시하다 다시 혼절하고 말았다.

 무림맹은 한바탕 큰 소동이 일어났다. 낙성문이 하루아침에 괴멸되어 버린 것.
 그것은 전대미문의 사건이었다. 그 어떤 이도 낙성문을 공격한 적이 없을 뿐만 아니라, 어느 문파나 세가가 움직였다는 소리도 없었다.
 "신흥 세력의 짓이 아닐까요?"
 "그 정도로 무림맹의 정보통이 허술한 줄 아시오?"
 무림맹의 수뇌들은 각자 의견분투하면서 괴멸된 낙성문에 관한 대화들을 하고 있었다.

"맹주님 드십니다!"

그때 무림맹주 소자불승 단우가 들어섰다. 그는 승복을 입고 있었는데 모두를 보며 목례를 했다.

"목격자가 있다고 들었습니다."

단우는 묵주를 손에서 돌려 가며 말했다.

"그는 지금 중퇴입니다. 사경을 헤맬 정도로 큰 타격과 충격을 받은 상태입니다."

"아미타불……. 어찌 됐던 지금은 그 사람만이 유일한 목격자이니, 그를 만나 보도록 합시다."

그가 살아날 가능성이 없다는 것을 알고 있기 때문에 그의 진술이라도 듣고자 했던 것이다.

단우를 따라 많은 이들이 함께 목격자를 향해서 다가갔다. 그는 한쪽 팔을 잃었고, 이미 내상을 입은 상태에서 장기가 모두 파손되어 있었다. 목숨이 붙어 있는 것이 용하다고 할 정도로 심각한 상태였다.

"네가 본 것을 말하거라."

그는 아주 작은 소리로 말했다.

"거……대한 궁을 들고…… 약관 정도의 어린 나이……."

그것이 다였다. 그 말만을 하며 그는 숨을 거둬 버렸던 것이다.

"거대한 궁? 약관의 나이? 대체 어떻게 그런 아이가

낙성문을 괴멸시킬 수 있단 말이오?"

"허허……. 대체 이 말을 믿어야 할지 말아야 할지……."

그렇게 모두는 그의 말을 토대로 조사에 착수할 수밖에 없었다. 단우는 무림첩을 전 무림에 돌리기 시작했고, 사람들은 너 나 할 것 없이 거대한 궁을 사용하며 약관의 나이로 보이는 사람이 있는지를 찾아 나서기 시작했다.

하지만 이들은 몰랐다. 목숨을 잃은 목격자는 낙성문이 괴멸당하고 있을 당시 자신이 어떻게 당했는지도 모를뿐더러, 공격을 당한 이후 눈을 떴을 때 사고진만이 그의 눈에 비친 유일한 사람이라는 것을 말이다. 그는 사괴신위에게 당한 인물 중 하나였다.

第八章 사기만편궁(沙器萬翩弓) ― 무림공적이 되다

무림이 한바탕 떠들썩하게 변해 있을 때, 사고진은 낙성문이 아닌 다시 제갈세가를 향해 걸음을 옮겼다.
 낙성문이 괴멸된 지금 그가 갈 곳은 제갈세가뿐이었던 것이다.
 '조금 더 사내다운 모습으로 가려고 했건만……'
 하지만 낙성문이 이렇게 된 지금 그는 이 사실을 알려야겠다고 생각하며, 제갈세가로 향하고 있는 길이었다.
 그가 객잔에 들어섰을 때 많은 사람들이 그를 바라보았다. 그러고는 무언가 수군거리기 시작했으나 사고진은 그저 흘려들었다.
 음식을 주문한 후, 얼마 지나지 않아 무사 중 하나가 사고진에게 다가왔다.
 "네 녀석…… 어디서 오는 길이냐?"

"낙성문에서 오는 길입니다. 왜 그러십니까?"

그 말에 무사가 급히 검을 빼 들었다. 그러고는 큰 소리로 말했다.

"네 녀석이 낙성문을 괴멸시킨 바로 그놈이구나!"

"무, 무슨 소리요? 낙성문을 내가 괴멸시키다니?"

"거짓말하지 마라! 이미 마지막 살아남은 생존자의 입에서 네 녀석이 그렇게 만들었다는 말이 나왔단 말이다! 그리고 전 무림이 너를 쫓고 있다!"

사고진은 당황하지 않을 수 없었다. 어떻게 하루아침에 자신이 살인자로 낙인찍힐 수가 있단 말인가?

"이씨! 우리 형아한테 큰 소리 치지 마!"

그때 손기악이 자리에서 벌떡 일어나 무사의 앞을 가로막았다.

구 척의 엄청난 장신이 자신의 앞을 가로막자 무사는 뒤로 주춤거렸다. 한참이나 올려봐야 할 거대한 키에 주눅이 들고 말았던 것이다.

그러나 잠시 후 그가 맨손임을 알고는 그대로 검을 찔러 넣었다.

"웃기지 마라! 애송이 주제에!"

태앵~!

그런데 이게 어찌 된 일인지, 그를 향해서 찔러 넣은 검이 구부러질 정도로 그는 강력한 외공의 소유자였다.

"헉? 이럴 수가?"

그 장면을 지켜보고 있던 다른 이들 또한 입을 떡 벌릴 정도였다. 그것은 사고진도 마찬가지였다. 설마하니 무사의 검까지도 막을 줄이야 생각이나 했겠는가?

"모두 같이 쳐라!"

손기악이 보통이 아닌 것을 알고는 객잔 전체가 들고 일어서기 시작했다. 그들의 수많은 병장기가 손기악을 향해서 쇄도했다.

캉~! 타다다당~!

하지만 그 어떠한 병기도 손기악의 몸에 상처 하나 내지 못했다.

"씩씩! 너희들 다 죽었어!"

자신에게 병장기를 들이댄 이들을 향해서 손기악은 주먹과 발길질을 하기 시작했다. 무작위 수법이었지만, 그것을 제대로 피할 수 있는 이들은 없었다.

쾅~!

"크악~!"

"사, 사람 살려!"

그들은 너 나 할 것 없이 손기악의 주먹에 맞으면 한참이나 뒤로 내팽개쳐지거나 날아갈 정도였고, 그의 무시무시한 실력을 본 이들은 곧장 도주를 하기도 했다.

"기악아, 이러고 있을 때가 아니다. 자칫 잘못하다가는 우리가 큰 봉변을 당할 수도 있겠구나. 어서 이곳을 피하자꾸나."

"응! 형아!"

손기악은 사고진을 따라 급히 객잔을 벗어났다.

'대체 이게 무슨 일이야? 왜 내가 이런 취급을 당해야 하는 거지?'

사고진은 마치 자신이 음모에 빠진 것 같은 착각이 들었다. 어떻게 하루아침에 무림의 공적이 될 수가 있는지도 의문이었고, 낙성문에 잠시 간 것뿐인데 어떻게 자신에 대한 정보가 퍼진 건지 이해가 가지 않았다.

"휴……. 기악아, 당분간은 숨어서 지내야 할 듯싶구나. 이대로 제갈세가에 갔다가는 세가 사람들이 큰 위험에 처할 수도 있으니까 세가는 좀 뒤에 가야 할 듯싶구나."

사고진은 혹시나 이 일이 세가에 누를 끼칠까 싶어 세가는 되도록 가지 않을 생각이었다.

이제 그가 갈 곳은 그 어디에도 없었다.

"할 수 없지. 다시 청해로 가 볼까?"

백연이 당부를 했지만 어쩌겠는가? 무림의 공적으로 찍혀 버렸으니 이곳에 남아 있어 봐야 다른 무사들의 공격만 받을 뿐이다. 그렇다면 차라리 조용하게 백연이 있는 곳으로 가서 수련을 하는 것이 더 나을 것이라 판단했다.
 사고진을 따라 손기악은 천천히 걸음을 옮겼다.
 "형아…… 나 또 배고프다."
 "응…… 그래……."
 사실 손기악은 나름 배고픔을 참고 있었다. 객잔에서 음식을 먹기도 전에 무사들의 공격이 있었기 때문에 지금 그들은 몇 시진째 아무것도 먹지 못하고 있는 상황이었다.
 손기악은 바보였지만, 형의 얼굴에 근심이 있는 것을 보고는 그동안 배고픔도 꾹 참고 있었던 것이다.
 사고진은 숲에서 불을 피워 놓고 손기악에게 말했다.
 "형이 또 가서 사냥을 해 올 테니까 여기서 기다리렴."
 "응! 형아!"
 그는 즉시 궁을 메고 숲 속으로 들어갔다.
 "이 정도로 녀석의 배를 채울 수나 있을까?"
 그의 손에는 토끼 세 마리와 꿩 두 마리가 들려 있었다. 멧돼지 한 마리를 먹는 식성을 생각하면 이 정도는 간에 기별도 가지 않겠지만 어쩔 수 없는 일이었다.
 "할 수 없지. 내가 조금 먹는 수밖에……."
 그는 자신의 손에 들린 짐승들을 가지고 손기악이 있는 곳으로 돌아갔다.
 "에헤헤헤~!"

가까이 다가갈수록 손기악의 웃음소리가 크게 들려왔
다.
"녀석…… 뭐하는 거지? 혼자서 뭐가 좋다고 웃고 있
는 거야?"
사고진은 수풀 사이로 들려오는 손기악의 웃음소리에
그가 무슨 연유로 웃고 있는지가 궁금했다. 그가 있는 곳
에 도착했을 때, 손기악이 아닌 또 다른 누군가가 자리하
고 있는 것을 보았다.
"누구?"
처음 보는 그를 향해 경계의 눈빛을 보내는 사고진. 그
런 사고진을 바라보며 자리에서 일어나서 포권을 취하며
인사를 건네는 청년이 하나 있었다.
"담성이라 합니다. 이렇게 누를 끼쳐서 정말 죄송합니
다."
그는 사고진에게 먼저 인사를 건넸다. 사고진보다는 대
략 한두 살 많아 보이는 청년은 고운 비단 옷을 입고 있었
는데, 이런 숲에서 있을 사람처럼 보이지는 않았다.
"여긴 어쩐 일로?"
"하하? 이런 숲에 임자가 따로 있는 것은 아니지 않소?
지나가다가 불씨가 있는 것을 보고 이렇게 오게 되었소."
그는 웃는 얼굴로 말하고 있었으나, 사고진은 오늘 하
루 있었던 일 때문인지 쉽사리 경계를 늦추지 않았다.

"형아! 이 사람 재밌다?"
 "그래? 배고프지? 잠시만 기다려."
 사고진은 그런 손기악을 바라보며 즉시 자신이 잡아 온 짐승들을 손질하기 시작했다. 그러고는 불에 구운 뒤 자신이 먹을 것만을 조금 남긴 후 나머지는 모두 손기악에게 주었다.
 꼬르르륵~!
 그때 어디선가 들려오는 꼬르륵 소리. 그 소리를 들은 순간 사고진과 손기악의 시선이 옆에 있는 담성에게로 향했다.
 "하? 하하…… 이거 참…… 부끄럽게……."
 그는 자신의 배에서 난 소리가 매우 부끄러운지 난처한 얼굴로 일관하고 있었다. 그때 손기악이 그를 향해서 토끼 반쪽을 뜯어 내주었다.
 "이거 먹어! 우리 형아가 만든 건데 정말 맛있어."
 "아! 감사합니다. 이거 염치 불구하고 먹겠습니다."
 그는 손에 든 구운 토끼를 맛있게 먹어 치우기 시작했다.
 '기악이가 경계하지 않는 걸 보면 그렇게 나쁜 사람은 아닌 것 같은데……. 이런 차림으로 산속에 있는 것도 궁금하기도 하고…….'
 사고진은 아직까지도 담성이라는 인물이 어떠한 사람

인지 모르고 있었다. 그들은 식사를 대충 마치고 모닥불에 둘러앉아서 이야기를 나누었다.

"세상을 배우기 위해서 이렇게 유람을 나왔는데, 하하. 세상 물정을 모르다 보니 이렇게 날이 기운 것도 몰랐소."

"보아하니 잘나가는 집안의 자제분 같으신데, 말이라도 한 마리 끌고 다니시지 그러십니까?"

"하하, 말 같은 걸 타서 뭐합니까? 유람이라면 아무래도 두 발로 걷는 것이 가장 좋은 것이지요. 천천히 걸으면서 땅의 기운도 느끼고 말입니다. 저는 올해 스무 살입니다. 소협은 어떻게 되시는지?"

"저는 올해 열여덟 살입니다."

사고진이 열여덟 살이라는 말에 담성이 놀라며 물었다.

"그것밖에 되지 않았소?"

"왜요? 좀 겉늙었나요?"

"하하, 그런 건 아니고. 곁에 있는 이분이 형님이라고 부르길래 난 더 연배가 있는 분인 줄 알았소."

"사정이 있어서 그렇게 되었습니다."

사고진은 손기악에게 눈길을 한 번 주며 말했다.

"기왕 이렇게 만난 것도 인연인데 목적지가 어디요?"

"원래는 낙성문이었으나 지금은 다시 청해로 돌아가려고 합니다."

사고진의 입에서 낙성문이라는 말이 나오자 그가 이채를 빛내며 물었다.

"낙성문? 거기는 왜 가려고 하신 것이오?"

"사부님의 말씀에 따라서 낙성문에 가서 낙성문주를 만나려고 했습니다."

"그러시군요. 이야기를 들어 보니 낙성문이 괴멸되었다고들 하던데?"

그는 넌지시 물었고, 사고진은 객잔의 일이 생각났는지 다소 짜증이 섞인 어투로 말했다.

"나도 그게 짜증납니다. 괜히 낙성문에 갔다가 내가 살인자로 오해를 받고 무림에서 쫓기는 신세가 되었소. 빌어먹을. 하나같이 제대로 알아보고 덤비는 녀석이 없고, 그냥 마구잡이로 덤벼드니……."

"하하, 소협이 낙성문을 괴멸시킨 살인자로 찍혔단 말이오?"

끄덕.

사고진은 힘없이 고개를 끄덕였다.

"오해가 있다면 풀어야 할 것이 아니오?"

"생존자가 나를 들먹이며 죽었다는데, 풀 수 있는 길이 뭐가 있겠소?"

"하긴…… 그것도 그렇겠구려. 그런데 그 궁은…… 좀처럼 보기 힘든 궁이구려?"

거대한 자현궁을 바라보며 담성이 물었고, 사고진은 자현궁을 자신의 앞으로 가져오며 말했다.

"이것은 사부님이 저에게 주신 겁니다. 자현궁이라고 하지요."

"자현궁이라면 뇌격궁 백연의 것이 아니오?"

"맞습니다. 그분이 저의 사부님이십니다."

"오오!! 내가 존경하는 뇌격궁 백연의 제자라니!"

그는 백연을 매우 잘 아는 듯이 말하고 있었다.

"우리 사부님에 대해서 좀 아시나 봅니다?"

"하하, 말도 하지 마시오. 어릴 때부터 그분이 내 스승이나 다름이 없었소."

"스승? 그렇다면 그쪽도 우리 사부님의 제자란 말입니까?"

"그런 것은 아니요. 단지 소문만을 듣고 나 혼자서 꿈에 그리는 것뿐이었소. 궁 하나로 무림을 제패하고 그 명성을 널리 떨쳤으니까 말이오."

"제패까지는 아닌 것 같은데……."

사고진은 어디서 소문이 이상하게 과장되었다는 것을 알았다. 그런 담성이 품에서 뭔가를 꺼냈다.

촤라락~!

고작 일 척 정도에 해당하던 투명한 사기(沙器)의 길이가 갑자기 삼 척에 가깝게 변형이 되는 것이 아닌가?

그 모습을 본 사고진이 깜짝 놀라며 물었다.

"이, 이것이 대체 무엇입니까?"

"이것은 나의 애병(愛兵)인 사기만편궁(沙器萬翩弓)이라고 합니다."

처음 보는 궁의 모습에 사고진은 감회가 새로웠다. 비록 지금까지 경계를 하고 있는 자였지만, 사기만편궁이라는 신기한 궁을 보여 줌으로 해서 경계는 싸그리 사라지고 말았다.

전체적인 모양은 궁의 모양과 흡사했지만, 다른 점이 하나 있었다.

"그런데…… 이것은 시위가 없군요?"

"하하, 애석하게도 그렇습니다. 이 사기만편궁은 시위가 없는 것이 특징이지요."

"시위가 없는데 어떻게 화살을 쏠 수 있습니까?"

모든 궁은 시위가 존재해야만 화살을 쏠 수 있다. 그런데 사기만편궁은 시위 자체가 없었기 때문에 이것은 궁이라고 불리기가 힘들었다.

"뭐 나도 아직 그 정도의 경지까지는 되지 못했지만, 내기를 집중시키면 시위가 형성이 된다고 들었습니다."

"그게 사실입니까?"

"하하, 물론이오. 뭐 언젠가 나도 수련을 하면 되지 않겠소?"

사고진은 처음 보는 신기한 사기만편궁에 관심이 쏠리고 말았다.
"이거 궁에 관심이 있는 사람은 매우 드문 일인데…… 우리 이번 기회에 친구나 하지 않겠소?"
그는 사고진에게 처음으로 '친구'라는 말을 건넸다. 이것은 사고진 역시도 태어나서 처음 맛보는 기분이었다.
"친구?"
"그렇소. 친구란 평생을 두고 사귀어야 하다고 들었소. 나에겐 아직 친구가 단 한 명도 없소. 아는 사람들이야 있지만, 그들이 나의 친구가 될 수 있는 것도 아니고……. 나이도 비슷한데 어떻소?"
"저, 저야 괜찮지만……."
친구라는 것이 어떤 인연이 될지는 미지수다. 하지만 친구라는 그 단어 하나만으로도 이후 자신이 눈물을 흘리게 될지는 알지 못했다.
"좋아! 그럼 오늘부터 우린 친구다. 알았지? 말 편하게 하도록 해. 그런데 왜 이 옆에 있는 분은 너를 형님이라고 부르는 거야? 약간 모자라 보이기도 하고?"
친구가 되었기에 담성은 사고진에게 편하게 말했다.
"응…… 네가 보는 대로 좀 모자라. 나도 우연히 알게 되었는데, 하필이면 그날이 어머니가 돌아가신 날이더라고. 그러다 보니 같이 다니게 된 것이지."

"흠…… 그렇구나. 그런 걸 보면 두 사람도 참 인연 같다. 그런데 이 사람도 무공을 배웠니?"

"확실한 건 나도 잘 몰라. 단지 그가 무공이 아닌 외공 쪽으로는 배운 것 같은데……."

"그렇구나. 아무래도 외공을 배울 수 있을 정도라면, 그가 처음부터 바보는 아니었다는 소리가 되겠구나."

"그렇지? 내가 생각해도 그래."

두 사람은 서로 같은 생각을 하고 있었던 것이다. 바보가 쉽게 배울 수 있을 만큼 외공은 하찮은 것이 아니다.

그렇다고 대충 한다고 해서 손기악처럼 도검도 뚫을 수 없는 피부가 되는 것은 더욱 말도 되지 않는 소리고 말이다.

"금강불괴(金剛不壞)는 아니겠지?"

"금강불괴?"

"그 왜 있잖아. 수련에 수련을 거듭하면 나중에는 그 어떤 도검도 뚫을 수 없을 정도의 강력한 육체를 지니게 되는 것을 금강불괴라고 하잖아."

금강불괴라는 것은 초절정고수의 반열이나 오랜 수련을 통해서 얻어 낼 수 있는 극한의 신체를 말함이었다. 인간으로서 가질 수 있는 최고의 몸이라고도 할 수 있는 것이었다.

"글쎄……. 그런데 단순한 외공만으로도 도검 정도는

막을 수 있잖아?"

"그렇긴 하지. 아무튼 지금으로써는 아주 신기할 따름이군?"

담성은 헤벌쭉거리며 웃고 있는 손기악을 바라보면서 의문의 눈빛을 빛낼 뿐이었다.

이내 그들은 모두 자리에 드러누웠다.

드르렁~!

손기악의 코 고는 소리가 먼저 들려왔다.

"하하, 어떻게 눕자마자 바로 잠을 잘 수가 있는 거지?"

"그냥…… 걱정이 없으니까 그런 것이 아닐까? 우리 같은 사람들이야 뭐든지 하나를 보면서 두 가지를 생각해야 하지만, 그는 하나만 보고도 기뻐할 수 있고 슬퍼할 수도 있으니까. 걱정이라는 게 있을 리가 없잖아."

"그렇지……. 모든 사람들이 걱정이 없다면 그게 이상한 것이겠지. 그나저나 넌 이대로 청해로 갈 거야?"

손기악을 바라보며 묻는 담성의 말에 사고진은 확답을 내리기가 힘들었다. 지금 이대로 청해로 돌아간다는 것 역시도 말이 되지 않는 것이다.

왜냐하면 자신이 다짐한 것이 있지 않던가? 바로 궁으로써 최고의 자리에 올라 그 누구도 궁을 무시하지 못하게 하겠다고 하던 다짐 말이다.

"아직은 잘 모르겠어……."

"후후, 그래? 그렇다면 나와 함께 강호유람을 즐기지 않겠어?"

"강호유람?"

"그래! 분명히 너도 네가 목적하는 바가 있을 테고, 난 나름대로 강호유람을 즐기고. 그렇게 여행을 하다 보면 분명히 너에게 기회가 올지도 모르지."

"기회라……."

사고진은 기회라는 것이 구체적으로 어떠한 것인지 감을 잡을 수가 없었다. 그리고 막상 그 기회라는 것은 누군가와의 대결을 통할 수밖에 없는 입장이었다.

무림의 경우는 누군가와의 대결에서 이름을 날려야만이 그것이 곧 기회가 되는 것이기 때문이다.

"그리고 가장 중요한 것은 넌 누명을 벗어야 할 필요가 있잖아?"

"그렇지. 낙성문을 내가 괴멸시켰다는 것은 말도 안 되니까……."

"그러니까 우선은 무림을 돌아다니면서 너의 누명을 풀어 줄 수 있는 사람들을 만나 보는 것이 좋겠지."

"하지만 그게 쉬울까?"

이미 누명을 쓰고 있는 상태에서 누명을 벗기란 결코 쉬운 것이 아니다. 그리고 막상 자신의 누명을 해명할 상대를 만났다고 하더라도, 그가 과연 자신을 곱게 보내 줄 것인가?

 그렇지 않다면 또다시 싸움을 치러야 할 입장이 되고 마는 것이다.

 "그래도 어쩔 수 없지. 할 수 있는 만큼은 해 봐야 하지 않겠어? 그렇다고 뭐 우리가 당장 위급한 상황도 아니니까 서서히 알아 가면 될 문제 같은데?"

 "그렇겠지……. 그럼 우선 잠이나 잘까?"

 두 사람은 그렇게 손기악을 따라 잠을 청했다.

　　　　*　　　*　　　*

 "나더러 지금 천상회에 가입을 하라는 것이냐?"

 "그렇소. 회주님께서 친히 뇌격궁 백연을 모셔 오라는 분부를 내리셨소."

 "클클클. 웃기는군. 난 천상회가 뭐하는 집단인지도 모른다. 단지 금전으로 부를 이루고, 이후 그러한 돈으로 무사들을 매수한다? 재미있군. 그런 단체가 과연 얼마나 갈까?"

 백연의 앞에 얼굴을 가린 한 인물이 나타났다. 그는 자신을 밝히지 않은 채로, 천상회의 명에 따라 백연을 천상회에 입단시키려 하고 있는 것이다.

"회주님은 무력은 사용하지 말라고 하셨소. 그것도 그렇고 오래전의 일에 대한 사과를 한다고 하셨소."

그러면서 그는 한 가지 상자를 내밀었다.

"이것이 무엇이냐?"

"이것은 방주님께서 내리시는 사과의 선물이오. 오래전 우리들이 폐를 끼쳤기에 그에 대한 보답이오."

그는 상자를 열었다.

"만년설삼(萬年雪蔘)!"

청아하게 풍기는 향이 일반적인 것은 아니었다. 그것을 단번에 알아챈 백연은 깜짝 놀라지 않을 수 없었다.

어떻게 사과의 선물로 만년설삼을 줄 수 있단 말인가?

"크크, 천상회에는 이런 것이 흘러넘치나 보군? 희대에 구경도 하기 힘든 만년설삼을 고작 사과의 선물로 주다니 말이야."

"우리 천상회는 얼마든지 이러한 것들을 손에 넣을 수 있소."

"그렇겠지. 무력과 재력으로 모든 것을 빼앗고 사들일 수 있으니 말이야. 하지만 노부는 더 이상 무림에 미련이 없다. 이것을 그만 가져가라."

백연은 더 이상 만년설삼에 눈을 돌리지 않았다. 그의 확고한 신념이 있기 때문이었다. 그가 만약 만년설삼을 받아 들고 천상회에 입단하게 된다면 무림에 일어나는 피의 풍파를 반드시 자신이 감당해야 할 것이다.

 하지만 이미 그는 무림의 일에 더 이상 관여하지 않기로 맹세한 몸이다. 그런 그가 자신의 앞에 만년설삼이 있다고 해서 움직일 리는 없었던 것이다.

 "정녕 가지 않으시겠소?"

 "큭큭. 가지 않겠다."

 얼굴을 가리고 있던 그가 가면을 벗었다. 그러고서 백연을 보며 말했다.

 "진정 가지 않겠는가?"

 "너, 너는!!"

 백연은 그의 얼굴을 보며 깜짝 놀라고 말았다. 그의 오랜 친우! 무림에서 그와 가장 친했던 친우 뇌신검(雷神劍) 우호건이 아닌가?

 "자네가 어떻게?"

 뇌신검 우호건. 그는 백연과 무림의 오랜 친구였다. 무림에 출두한 때도 비슷했고 둘 다 정사의 어느 쪽에도 속해 있지 않았다.

 그렇다 보니 서로 닮은 점도 많았고, 문파가 없다 보니 어딜 가더라도 소외를 당하는 이들 중 하나였다.

 두 사람은 서로 의기투합했고 좋은 친구가 될 수 있었다. 그런데 그런 그가 어느 날 갑자기 자신의 앞에서 사라졌다.

아무런 소식도 서찰도 없이 눈앞에서 그냥 사라져 버린 것이다.
 이후 백연은 그를 찾아 백방으로 무림을 뒤져 보았지만 그 어디에서도 뇌신검 우호건을 보았다는 사람은 없었다.
 "대체 그동안 어디에 있었던 겐가?"
 "말해 주려면 좀 오랜 시간이 걸린다네. 자네는 그동안 별일 없었는가?"
 친구를 보자마자 먼저 자신의 용건부터 말했던 뇌신검 우호건. 하지만 얼굴을 드러낸 후에는 진정 친구로서의 대화를 나누고 있었다.
 "대체…… 천상회는 어떤 곳인가?"
 백연은 언제나 홀로 세상을 거닐던 그가 갑자기 한 세력에 입단했다는 것이 이해가 되지 않았다.
 "천상회는 막강한 곳이네. 그리고 나에겐 많은 것을 안겨다 준 곳이지. 한 번 보겠는가?"
 "뭐, 뭘 말인가?"
 우호건은 검을 빼 들었다. 그리고 문을 열고 나서서 장원 밖에 있는 거대한 나무를 보며 검을 뻗었다.
 "뇌격검(雷擊劍) 발출(拔出)!"
 그의 검에 한 줄기 섬광이 맺혔다. 그것은 곧장 그가 뻗은 곳의 나무를 향해서 뻗어 나갔다.
 번쩍!!

눈이 부셔서 제대로 바라보지도 못할 광경이었으나 백연은 두 눈을 부릅뜨고 그 광경을 직시했다.
"세, 세상에……."
우호건이 공격한 나무는 그대로 시커멓게 타 버렸다. 가히 하늘에서 떨어진 벼락이라고 할 수도 있을 정도였다.
"대체 어떻게 된 것인가?"
백연은 오래전 그의 실력을 잘 알고 있었다. 그는 그 당시만 하더라도 일류무인 급이었고, 더 이상 자신의 실력이 오르지 않음을 낙심하던 친구였다. 그런 그가 사라지고 고작 십여 년 정도의 시간이 흐른 뒤 다시 자신의 앞에 나타났다. 그러나 그는 예전의 그가 아니었다.
절정고수의 실력을 갖춘 뇌신검 우호건! 지금 그가 자신의 앞에 있는 것이었다.
"천상회에 입단하고 나는 그곳에서 많은 것을 얻었네. 이것 또한 천상회에 입단한 후 수련을 통해서 얻게 된 것이지."
백연은 그의 말에 손발이 떨림을 느꼈다.
'대체 천상회는 어떤 곳이란 말인가? 이토록 아무렇지도 않게 절정고수를 만들 수 있는 집단의 정체가 대체 무엇이란 말인가?'
종잡을 수가 없었다. 만약 이러한 일이 몇 번이고 일어난다면 무림은 천상회의 손아귀에 놀아나는 것이나 다름이 없을 것이다.

"천상회에는 내가 직접 회주님께 말씀드렸네. 자네라면 분명히 천상회에서 큰 인물이 될 수 있을 것이라고 말이네. 그런데 오래전 수하 녀석들이 예의 없게 굴었더군. 그 부분에 대해서 회주님은 사죄의 의미로 만년설삼을 보낸 것이네."

"하지만…… 이것은 받을 수 없네. 그때의 일이 뭐가 큰일이었다고 그러는가? 단지 상처 좀 났을 뿐이네. 아무도 목숨을 잃지 않았으면 그뿐이지."

한때 장원으로 찾아온 괴한들. 그때 옆구리에 상처를 입은 백연이었다. 그들 역시도 당시 천상회에 입단하라는 조건을 걸었었고, 백연이 거부를 하자 다짜고짜 공격을 감행했던 것이었다.

"자네가 그렇게 말한다고 해서 내가 만년설삼을 다시 들고 가는 일은 없을 걸세. 자네가 입단을 하든 하지 않든 이것은 우리 회주님이 사죄의 의미로 드리는 것이니까 이것을 받아 주게나."

우호건은 오랜만에 보는 친구 앞에서 화를 내거나 하지는 않았다.

"그런데 그거 알고 있나?"

"뭘 말인가?"

"자네에게 제자가 있지? 아마 사고진이라고 했던가?"
"고, 고진이에게 무슨 짓을 하려고 그러는 것인가!"
사고진의 이름이 거론되자 백연이 급격히 화를 내며 말했다.
"너무 그렇게 화내지 말게. 단지 난 사고진에 대한 이야기를 해 주려고 하는 것뿐이니까 말일세."
"고진이에 대해서? 그게 무슨 말인가?"
사고진이 무림에 나간 이후 그의 소식을 통 듣지를 못했다. 그가 무사히 제갈세가로 갔는지, 또 낙성문에는 들어섰는지를 말이다.
그런데 그런 정보를 우호건에게 듣게 될 줄은 몰랐다. 그리고 그 정보는 충격적이었다.
"자네의 제자는 지금 무림에서 공적이 되었네. 낙성문을 괴멸시킨 장본인이 바로 자네의 제자, 사고진으로 찍혔단 말이네."
"그, 그게 무슨 말인가? 고진이가 낙성문을 괴멸시키다니? 그 아이에게는 그러한 능력이 없네!"
"후후, 그거야 지난 이야기지. 그 아이가 지보탄부송을 섭취했다는 것도 모르고 있겠구만?"
"뭐라고! 지보탄부송을 그 아이가?"
그 말 또한 놀라지 않을 수 없었다. 사고진이 어떻게 지보탄부송을 섭취할 수가 있단 말인가? 사고진의 성품으로 봐서는 제갈린에게서 그러한 것을 뺏을 만한 위인이 아니었다. 그렇다면 필시 다른 문제가 있을 것이 분명했다.

"어떻게 하겠는가? 지금 사고진이라는 아이는 이쪽저쪽도 가지 못하고 중원 여기저기를 숨어 다니고 있네. 그런 제자의 모습을 지켜보고만 있을 텐가? 아니면 이것을 섭취하고 자네가 제자를 찾으러 나서겠는가?"

"흠……. 대체 나에게 이러한 이야기를 해 주는 이유가 무엇인가?"

백연은 그가 괜히 이러한 말을 하지는 않았을 것이라는 것쯤은 알고 있었다.

"글쎄……. 내 오랜 친구가 이제 늙었다고 해서 산에만 처박혀 있는 꼴을 보기 싫을 뿐이네. 만년설삼이라면 능히 자네를 절정고수로 만들어 줄 수 있을 걸세. 그 이후 천상회에 입단을 하든 그도 아니면 무림에서 고수로 인정을 받으며 살아가든, 그것은 내 알 바가 아니네. 하지만 잘 생각해 보게나. 나는 자네와 함께하고 싶네."

삭!

뇌신검 우호건은 그렇게 말을 남기고 그의 앞에서 사라졌다.

"금강부동신법(金剛不動身法)!! 어떻게 이럴 수가!"

백연은 그가 사라진 모습을 보며 크게 놀라고 있었다.

금강부동신법! 그것은 상승 경공으로 몸이 움직이지 않는 상태에서 빠르게 눈앞에서 사라지는 것을 말한다. 공간이동이라고도 할 수 있을 정도로 금강부동신법을 시전하게 되면 시야에서 아예 사라져 버리는 놀라운 경공이었다.

그런데 그런 엄청난 경공을 우호건이 아무렇지도 않게 사용했다는 것이 놀라울 따름이었다.

'대체…… 천상회는 어떤 곳이란 말인가?'

더욱더 천상회라는 곳에 대해서 의문이 생기기 시작하는 백연. 그러나 그에 앞서 사고진의 안위가 걱정되었다.

"흠……."

그는 자신의 손에 들린 만년설삼을 바라보며 앞으로 어떻게 해야 될지를 고민했다.

* * *

눈을 뜬 그들은 절강으로 향하기로 했다. 절강에는 많은 볼거리들이 있었기 때문에 담성의 말에 따라서 그곳으로 향하기로 한 것이다.

"그런데 넌 언제부터 궁을 배우기 시작한 거야?"

"음? 아마 태어나서부터 궁을 배웠을걸? 아버지 말로는 어릴 때부터 내가 궁을 가지고 놀았다고 했으니까."

"그렇구나? 태어나서부터 궁을 가지고 놀았다라……. 후후, 이거 부러운걸?"

그런 담성을 바라보며 사고진이 물었다.

"그런 넌?"

"난 말이지. 처음부터 궁을 좋아했었지만, 아버님의 반대로 검을 배우게 되었지. 그렇다 보니 궁에 매진할 수가 없게 된 거야. 이후 아버님이 돌아가시고 나서야 궁을 배우게 되었지만 역시 늦게 배운 만큼 진전이 없더군."

그는 자신의 애병 사기만편궁을 바라보며 씁쓸한 미소를 머금었다.

"앞으로라도 궁을 열심히 배우게 되면 좋은 성과가 있을 거야. 걱정하지 마."

"후후, 그래. 네 말대로 좋은 성과가 있길 바라야지. 그럼 네가 스승이 되는 건가?"

"하하, 스승이라니? 그런 당치도 않은 말을? 내가 알 수 있는 내에서는 모두 설명해 줄 테니까 걱정하지 마."

"그래, 고맙다! 앞으로 너의 가르침을 받도록 하지!"

담성은 사고진을 바라보며 장난스레 허리를 굽혔다. 그런 담성을 보면서 사고진은 그가 과연 정말 궁의 신출내기일까 하는 생각을 해 보았다.

저런 사기만편궁을 가지고 있다면 분명 예사 실력의 소유자는 아닐 것이다. 그렇다고 그의 말을 못 믿을 것도 못 되는 것이, 그는 검을 차고 있었다. 그의 검 역시도 사기만편궁만큼이나 명검으로 보였는데, 궁을 사용하는 자라면 굳이 검을 차고 있을 리 없다는 것이 그의 생각이었다.

절강에 도착한 그들은 커다란 객잔으로 향했다. 그곳은 절강에서 최고의 음식점으로 소문난 곳이었다.

건물은 총 오 층의 크기로 되어 있었으며, 가장 경관이 좋은 오층은 음식을 주문하는 것이 다를 정도로 명성과 재력을 지닌 자들만이 드나들 수 있었다.

"오층으로 안내하거라."

그런데 담성은 대뜸 점소이에게 오층의 안내를 부탁했다.

"저기…… 손님, 오층은 아무나 드나들 수 있는 곳이 아닙니다."

"그 정도는 알고 있다."

담성은 품에서 은자 하나를 꺼내어 점소이에게 주었다. 점소이는 두 눈을 크게 부릅뜨더니 세 사람을 안내했고, 거대한 구 척의 장신인 손기악이 안으로 들어서자 많은 사람들의 시선이 그에게로 향했다.

그들은 자리에 앉아 음식을 주문했다. 물론 음식에 대해서 잘 모르는 사고진은 가만히 있을 뿐, 곁에 있던 담성이 알아서 주문을 한 것이다.

"이거…… 꽤나 비싸겠는걸?"

"하하, 걱정하지 마라. 설마하니 내가 돈도 없이 이곳으로 왔다고 생각하니?"

사고진 역시 돈이 없는 것은 아니었다. 하지만 제갈세가에서 준 돈을 무턱대고 마구 쓸 수는 없는 노릇이었다. 또한 친구에게 얻어먹는 것 역시도 마음이 편치 않았기에 사고진은 지금 앉아 있는 자리가 가시방석 같았다.

"우와! 형아! 저기 봐! 저기! 사람들이 정말 조그마하게 보여!"

손기악은 창밖으로 내다보이는 광경에 신이 난 듯 큰소리로 떠들기 시작했다.

"촌놈이 아주 신이 났군."

"크크, 그러게 말이야. 이제 여기도 슬슬 발길을 끊어야 할 때가 온 것 같군."

한쪽의 식탁을 차지하고 있는 한 무리가 있었다. 그들은 사남삼녀(四男三女)로 구성이 되어 있었는데, 그들을 본 담성이 눈빛을 빛냈다.

"무림에서 이름깨나 날린다는 분이 다 모이셨군요?"

그들은 각기 사군계강(四君繼剛)과 무림오봉(武林五鳳) 중 삼 인의 여인이 함께 자리하고 있었던 것이다.

그들은 각기 무당파, 곤륜파, 종남파, 점창파, 당문, 모용세가, 남궁세가의 인물들로 구성이 되어 있었다.

무림에서도 이름을 알아주는 자들로 장차 무림을 이끌어 갈 인재들이라고들 말하고 있었다.

하지만 이들이 하는 것을 보자면, 그저 매번 만나서 비싼 음식과 술로 하루하루를 보내는 것뿐이었다. 단지 그들의 입지가 너무나 확고했기 때문에 직계 사부나 식솔들이 아닌 이상 그 누구도 입에 담지 못하는 것이 사실이었다. 객점에서 이들은 특급 대우를 받는 귀한 손님들이었다.

"네 녀석은 누구냐?"

"나? 담성이라고 하오. 내 이름을 말하면 알기나 하시오?"

"지금 우리에게 시비를 거는 것이냐?"

지금 말을 하고 있는 이는 점창파의 후기지수로 장문인의 총애를 독차지하고 있는 쾌검 반금선이었다.

"그쪽이 소문으로만 듣던 쾌검 반금선이구려."

"훗. 한눈에 나를 알아보는 것을 보니, 내 소문이 무림에 꽤나 알려졌나 보군?"

반금선은 자신을 단번에 알아보자 약간 우쭐한 마음에 비웃음이 섞인 목소리로 담성을 보며 말했다.

"많이 알려져 있지요. 점창파는 점차 망해 가는데, 대책 없는 망나니가 장문인 하나 믿고 설쳐댄다고 말이오."

"네 녀석 지금 뭐라고 했느냐!"

챠앙!

반금선이 검을 빼 들고 자리에서 일어났다.

"진정하시오."

그를 말리고 일어선 이는 곤륜의 화지용이었다.

그는 점잖게 포권을 취하면서 담성에게 말했다.

"우리들의 말이 기분 나쁘게 들렸다면 이거 사죄드립니다."

"진작 이렇게 나왔으면 됐을 것을……. 됐으니 이만 가 보시오."

그런 담성의 행동에 화지용 때문에 조용했던 반금선이 다시 검을 치켜올리며 담성을 향해 달려들었다.

"네 이 녀석! 감히 예를 표하는데 그딴 말을 해!"

그는 다짜고짜 담성에게 검을 찔러 넣었다.

"저, 저런!"

"오늘 한 명 죽어 나가겠군!"

오층에서 음식을 먹던 이들은 그런 반금선을 보며 여지없이 소곤거렸다. 반금선은 이 일대에서 유명했다. 명문정파답지 않게 성격이 난폭하고, 실력을 믿고 언제나 검을 휘두르는 인물로 말이다.

그래서 이 일대에서는 그 어떤 무사라 할지라도 그와 대결하는 것을 크게 반기지 않았다. 괜히 잘못 대결했다가는 점창파 전체가 나설지도 모르는 일이었기 때문이다.

담성은 자신을 향해서 찔러 오는 검을 바라보았다. 그러고는 천천히 손을 들어 올리려 할 때였다.

쿠쾅!

"이게 무슨 짓이야!"

그때 자리를 박차고 일어나 반금선의 검을 가로막은 손기악!

카앙!

"뭐, 뭐지?"

자신의 검이 튕겨져 나오자 당황하는 반금선이었다. 그것은 그와 함께 자리하고 있던 이들도 마찬가지였다.

"어떻게 맨몸으로 검을 튕겨 낼 수 있지? 네 녀석 그 옷 속에 무엇을 입고 있는 것이냐?"

반금선이 손기악을 보면서 크게 외치자 손기악이 씩씩거리며 말했다.

"우리 형아들한테 손대면 죽을 줄 알아!"

"뭐라고? 저 녀석이?"

반금선은 또다시 검을 들었다. 그러고는 내공을 불어넣기 시작했다.

"검기!"

담성이 그것을 알고는 급히 그를 말리려 했지만, 손기악이 먼저 그를 향해서 달려들었다.

"죽었어~!"

자신이 형이라고 생각하는 두 인물. 바로 사고진과 담성. 이 두 사람은 손기악에게 있어서 모든 것이었다.
  그런 그들에게 검을 들이대는 자는 무조건 적으로 간주하는 것이 그였고, 반금선이 검기를 불어넣자 손기악은 자신도 모르게 그를 향해서 튀어 갔다.
  부웅~!
  손기악의 팔이 빠르게 반금선을 향해서 날아갔다.
  "치잇!"
  반금선은 급히 검을 들어 그의 팔을 막았다.
  터어엉~!
  "크아악!"
  검을 들어 막은 반금선이 오히려 반대 방향으로 튀어 나갔다. 하지만 검기를 머금은 검을 후려친 손기악 역시도 크게 주춤거리기 시작했다.
  "어떻게 저럴 수가! 검기를 머금은 검을 맨손으로 치다니? 그리고 아무렇지도 않은 저 주먹은 대체 뭐란 말인가!"
  "마, 말도 안 돼!"
  그 장면을 지켜보고 있던 이들은 모두가 놀라서 입을 다물지 못했다.
  손기악은 주춤거리는 몸을 바로잡고 한쪽으로 나가떨어진 반금선을 향해서 달려가려 하고 있었다.

"기악아, 멈춰!"

그때 사고진이 나서서 손기악을 막았다.

"혀, 형아! 저 녀석이 착한 형아를 괴롭혔다!"

"알아. 하지만 네가 나설 자리가 아니야. 빨리 자리에 앉아."

이미 그들의 자리는 다 부서져 있었기 때문에 사고진은 손기악을 다른 빈자리에 앉힐 수밖에 없었다.

"이거…… 일이 커지겠군."

담성은 한쪽으로 날아가서 혼절해 있는 반금선을 바라보며 어이없는 얼굴을 할 수밖에 없었다.

설마하니 일이 이렇게 커질 줄 누가 알았겠는가?

잠시 통성명을 하고, 일이 커졌더라도 시시비비를 가리고 막을 내릴 생각이었다.

담성의 성격도 자신에게 호의로 대하는 자에게는 예를 갖추지만 그렇지 않고 반금선 같은 자에게는 그대로 성격이 드러나는 사고진과 같은 성격의 소유자였다.

"네 녀석들! 웬 놈들이냐!"

이때 객점 아래에 있던 점창파의 인물들이 올라와 담성과 사고진, 그리고 손기악을 둘러싸기 시작했다.

상황은 금방이라도 칼부림이 일어날 것만 같았다.

"그만두세요. 그분들은 잘못한 것이 없잖아요."

어디선가 들려오는 청아한 목소리. 그녀는 남궁세가의

남궁나영이었다. 처음부터 이 자리에 함께 있었고, 먼저 잘못한 것은 반금선이라는 것을 알고 있었다.

"먼저 잘못한 것은 금선 오라버니였어요. 저분들은 정당방위였을 뿐이지요. 금선 오라버니가 이렇게 혼절해 버렸으니 이쯤에서 끝내도록 해요."

그녀는 사고진과 담성에게 목례를 취하고는 그대로 객점 아래로 내려가 버렸다. 그녀를 따라 다른 이들도 함께 자리를 피했다. 그녀는 무림오봉 중에서도 최고의 미모를 자랑하고 있었고, 무공 수위가 지금 여기 있는 이들에 비해서 전혀 뒤떨어지지 않았다. 그렇다 보니 사군계강이라 할지라도 그녀의 말은 듣는 것이다. 또한 이들이 아무리 잘나가는 정파의 후기지수들이라고 하지만, 영향력은 역시 남궁세가를 따를 재간이 없었다.

"휴…… 다행히도 조용히 끝났는걸?"

"그러게 말이야. 너 대체 왜 그래?"

"응? 뭐가? 솔직히 화나잖아? 자신들의 명성만 믿고 저렇게 남을 무시하는 것 말이야."

"아무리 그래도 그렇지. 기악이를 봐서라도 조심 좀 하자."

"하하, 그래 알았다. 이거 어디 동생 무서워서 싸움질이라도 하겠어?"

담성은 손기악을 바라보면서 미소를 지었고, 손기악은

뭐가 그렇게 좋은지 헤헤거릴 뿐이었다.
 그런 그들을 지켜보는 두 쌍의 눈이 있었다.
 오층 구석에 자리한 노파와 소녀가 그 주인공이었다.

〈『고금무적 궁황』 제2권에서 계속〉

고금무적 궁황

1판 1쇄 찍음 2009년 5월 27일
1판 1쇄 펴냄 2009년 5월 29일

지은이 | 이 수
펴낸이 | 정 필
펴낸곳 | 도서출판 **뿔미디어**

기획, 편집 | 김대식, 허경란, 장상수, 권지영, 심재영, 소성순, 장보라
관리, 영업 | 김기환, 김미영
출력 | 예컴
본문, 표지 인쇄 | 광문인쇄소
제본 | 성보제책사

출판등록 | 2002년 9월 11일 (제1081-1-132호)
주소 | 부천시 원미구 중3동 1058-2 중동프라자 402호 (우)420-023
전화 | 032)651-6513 / 팩스 032)651-6094
E-mail | BBULMEDIA@paran.com

값 8,000원

ISBN 978-89-6359-082-0 04810
ISBN 978-89-6359-081-3 04810 (세트)

※파본은 본사나 구입하신 서점에서 교환하여 드립니다.

※이 책은 (도)뿔미디어를 통해 독점 계약되었습니다.
저작권법에 의해 보호를 받는 저작물이므로 무단 전재와 무단 복제를 엄금합니다.

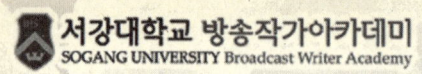

프로가 되는 가장 빠른 길!!
서강대학교 방송작가아카데미 개원

장르소설가, 드라마작가, 라디오작가, 작사가

하나, 판타지소설, 무협소설 작가 되기!
판타지, 무협, 로맨스와 같은 장르소설가 과정 국내 최초 개설!
국내 무협소설의 대부 금강, 〈호위무사〉의 초우, 〈다크엘프〉의 송현우,
인기 로맨스 소설가 백묘와 함께하는 생동감 넘치는 강의!
우수생 선발, 협력 출판사를 통해 출판까지!

둘, 스타 강사진에게 배우기!
현직 작가, 감독으로 구성된 강사진과 특강진의 현장감 넘치는 강의

셋, 6개월 안에 작사가 되기!
안정적인 데뷔채널 확보 및 프로작사가로 데뷔!
유리상자 〈사랑해도 될까요〉, 성시경 〈우린 제법 잘 어울려요〉의 심현보 통
최고의 히트곡 작사가가 전하는 작사법이 공개됩니다.

넷, 불황 극복! 쉽게 취업하기!
수료 이후가 아닌 입교와 동시에 취업을!
협력관계의 제작사와 출판사를 통해 취업의 문을 열어드립니다.

다섯, 공짜로 다니는 방법!
우수한 수강생 선발, 수강료 전액 지원!

제1회 서강 미디어 문학상 공모전
드라마 / 작사부문 | 시상금 총 2000만원 상당
응모기간
2009년 6월 22일 ~ 7월 4일
(자세한 내용은 홈페이지 참조)

문 의
Tel. 02) 719-1160
서울 마포구 신수동 서강대학교 영상대학원 가브리엘관 601호
www.sbwa.co.kr